SILVIO BLATTER

Es ist sein Leben

ERZÄHLUNGEN

SILVIO BLATTER

Es ist sein Leben

ERZÄHLUNGEN

Geparden Verlag

Autor und Verlag danken für die Unterstützung:

Stadt Zürich
Kultur

Kanton Zürich
Fachstelle Kultur

AARGAUER
KURATORIUM

Silvio Blatter
Es ist sein Leben

Lektorat: Bettina Spoerri
Gestaltung und Satz: Nadja Zela
Umschlaggestaltung unter Verwendung
eines Fotos von Miklós Klaus Rózsa.

www.gepardenverlag.ch

Druck und Bindung:
Gyomai Kner, Gyomaendrőd
Printed in Hungary
ISBN 978-3-907406-13-7
1. Auflage 2024

Wenn die Welt gerecht wäre,
hätte sich das herumgesprochen.

Karine Tuil

Für

AVA
LISA

PETRA

BLAUE AUGEN

Die Einladung überraschte Markus. Seit Jahren hatte er nicht mehr an Jonas Gelting gedacht, oder vielmehr die Gedanken an ihn verscheucht. Er zählte sich nicht zu seinen Freunden.

Nun wurde der Mann 50.

Eine beunruhigende Zahl.

Die einen bewundern mit Stolz das Erreichte, die anderen klagen über das leider Verpasste. Für alle ist die Zukunft eine Schwundstufe.

Es sollte ein Fest steigen. Mit Feuerwerk und einer Band. Auch persönliche Beiträge waren erwünscht. *Jeder von euch hat ein besonderes Leben und bestimmt viel zu erzählen.* Ruth, Geltings Frau, verschickte die Einladungen an die alte Clique.

Jonas soll gefeiert werden.

*

Ihre Familien hatten an derselben Straße gewohnt, Markus und Jonas waren zusammen aufgewachsen. Wie ungleiche Brüder. Die Mütter, Freundinnen, unterstützten einander, damit sie in ihrem Beruf weiterarbeiten konnten, in Teilzeit, versteht sich. Jonas' Mutter war Optikerin in einem Brillengeschäft, Markus' Mutter Logopädin in einer Gemeinschaftspraxis. Die Väter, verbrieft die Männer der Mütter, gehörten zur alten Schule, verkörperten diesen Lebensstil jedoch nicht in der Ausformung *Gentleman;* sie verschwendeten ungern Zeit, wenn es um Familie und Haushalt ging, hatten sie meistens etwas Wichtigeres zu tun.

Beide Väter trugen ansehnliche Uhren. Der Blick auf das geschmückte Handgelenk war häufiger als jeder andere. Sie hatten die Zeit im Griff und ignorierten die Bedürfnisse der Ehefrau und des heranwachsenden Sohnes. Die leitende Funktion, die sie in ihren Unternehmen ausübten: zuständig für Vertrieb, Marketing, Finanzen.

Ihre schwarzen Herrenschuhe waren immer poliert. Die Schuhe putzten sie selbst. Männer lernten und übten das ausführlich in der Armee. Der Hochglanz war ihr kreatives Werk.

Ansonsten schafften sie an.

Die Mütter der Jungs waren nicht dauerhaft unglücklich. Das geregelte Einkommen machte ihr Leben komfortabel, sie hatten gelernt, ein Auge zuzudrücken, und wussten sich perfekt zu organisieren. Die Ehen hielten. Bei allem Verdruss. Bis beide Frauen über Nacht auszogen und die Scheidung verlangten.

Als dies eintraf und die Richter die Trennung besiegelten, ein Verhängnis aus der Sicht der Männer, wohnten Jonas und Markus nicht mehr bei ihren Eltern. Jonas studierte Ökonomie in St. Gallen. Er war geradlinig. Markus tat sich mit Entscheidungen schwer. Musik,

Schach, er war hin- und hergerissen. Als Student in einem kleinen schalldichten Raum des Konservatoriums fleißig übend sah er sich nicht, und Schach wird an keiner Universität gelehrt. Man benötigt für Schach eine monomanische Besessenheit. Wie sonst könnte die ganze Denkfähigkeit auf vierundsechzig Felder beschränkt werden? Markus war dies noch nicht vollends klar. Und es blieb immer ein Manko. Er spielte Schach am liebsten in einem Café oder im Schatten alter Bäume.

Sein Anspruch war es trotzdem, sich mit Schach und Klavier finanziell über Wasser zu halten.

Mit seinem Leben war er einverstanden.

Jonas?

Die Brudergefühle verflogen.

Auch ihre Mütter verloren sich aus den Augen, sie lebten in verschiedenen Städten. Die Freundschaft der Frauen war eine Notgemeinschaft gewesen.

*

Mit zehn himmelte Markus Jonas' Mama an. Für ihn war sie Frau Gelting. Das gutgemeinte Angebot, sie Tante Nora zu nennen, lehnte er ab.

Nora Gelting war eine großzügige und zärtliche Frau. Sie hasste Lärm und grobe Menschen. Bei ihr waren Bonbons und Schokoriegel keine Sünde. Sie stellte den Jungs Schnitzel und Pommes ohne Salat auf den Tisch.

Wenn seine eigene Mutter ihn ärgerte, strafte Markus sie mit der unverschämten Ankündigung: Ich ziehe aus, ich ziehe noch heute zu Jonas' Mama.

Und Jonas drohte seiner Mutter dieselbe Strafe an. Ganz besonders traf er sie mit der Behauptung: Du liebst Markus mehr als mich.

Die Väter grüßten einander, wechselten ein paar Worte, wenn sie sich begegneten, tranken jedoch nie zusammen ein Bier. Dabei waren sie Gleichgesinnte. Ihr Credo: Wir leben in einem freien Land, in einer fantastischen Epoche, die einem ambitionierten Mann, mit der richtigen Frau an der Seite, die Chance bietet, jemand zu werden und viel, wenn nicht alles, zu erreichen. Auf einem Fragebogen mit dem Thema Profil und Selbstbild hätten sie dieselben Kästchen angekreuzt: intelligent, erfolgreich. Und gut aussehend.

*

Im Gymnasium saßen Jonas und Markus in derselben Klasse. Markus war der bessere Schüler, Jonas der beliebtere Junge, und ständig prahlte er mit Mädchen, die seinem Charme und seinen Avancen nicht widerstehen konnten.

Sie fliegen auf mich, sagte er.

Toll, antwortete Markus verklemmt.

Du sagst es, Marki.

Jonas lachte in einem Ton, als wäre alles ein Schwindel.

Markus ist der Jüngere der beiden. Er ist ein Jahr früher eingeschult worden, im Kindergarten soll er sich gelangweilt haben. Zu Verwunderung seiner Mutter lernte er die Buchstaben und das Lesen selbst und steckte ständig in Zahlenreihen; er konnte bereits addieren und subtrahieren und hielt Rechnen für ein Spiel. Als er entdeckte, dass Zahlen auch teilbar sind, war er sehr glücklich.

Markus saß, was häufig vorkam, in Jonas' Zimmer am Schreibtisch mit der Glasplatte und erledigte die Hausaufgaben. Jonas lag, die Hände unter dem Kopf verschränkt, auf dem Bett und schwadronierte.

Markus unterbrach ihn nicht, er hatte noch nie ein Mädchen flachgelegt.

Jonas war nicht dumm, er war nur ein Minimalist. Er nahm den kürzesten Weg, betrieb den geringsten Aufwand. Er war ein zukünftiger Chef-Ökonom. Und Markus ließ ihn immer abschreiben. Das hielt Jonas für selbstverständlich. Es war Markus' Rolle. Dafür schützte Jonas Markus vor den Jungs, die ihn aufziehen und herumschubsen wollten und als mickrigen Streber verhöhnten, weil er jedes Jahr das Schachturnier der Schule gewann und sie sogar mit verbundenen Augen besiegte.

Wenn sie Streit suchten, stellte sich Jonas vor Markus; seine Präsenz genügte, mit ihm legte sich keiner freiwillig an. Markus schon gar nicht, er hörte sich seine

Ausführungen über Mädchen und Sex an, vorsichtig darauf bedacht, es sich mit ihm nicht zu verderben.

Jonas war sechzehn und stellte den Mädchen nach.

Markus war fünfzehn und lag Jonas' Mutter zu Füßen.

Nora Gelting spielte Klavier. Sie schloss die Augen. Es war fantastisch, neben dem Klavier auf dem Boden zu sitzen und ihr zuzuhören. In Markus' Kopf bildeten sich Farbklänge, und er sah die Fibonacci-Reihe.

Markus bat sie, ihn zu unterrichten.

Sie sagte nur: Setz dich auf den Klavierstuhl.

Wenn sie Kadenzen spielte, merkte Markus sich, wie ihre Finger auf den Tasten lagen und behielt die Griffe im Kopf. Sie lobte ihn, lobte sein Gehör und seine Fingertechnik, seine schnelle Auffassungsgabe.

Sie schaute Markus an und sagte: Bemerkenswert.

Er beschloss, Pianist zu werden.

Das behielt er für sich.

Beim Improvisieren, sie zog es dem Spiel nach Noten vor, verwandelte sich Noras Gesicht. Markus vermochte den ungewohnten Ausdruck nicht zu deuten. Er hoffte nur, dass sie ihn während seiner Beobachtungen nicht ertappte und seine Gedanken nicht lesen konnte. Erst später fand er die Erklärung für ihr Gesicht: Hingabe.

Sie öffnete die Augen und sah Markus neben dem Klavier sitzen, sie hatte ihn vergessen.

Jonas' Mutter mochte Markus und genoss seine Bewunderung, bei jeder Begrüßung küsste sie ihn und strich ihm mit der Hand über den Kopf, verwuschelte sein Haar. Ihren Duft hat er noch heute in der Nase. Manchmal hatte sie ihn umarmt.

*

In den letzten beiden Schuljahren mied Markus Jonas. Der Bruch geschah im Sommer, als sie achtzehn wurden. Jonas' Mutter war immer noch Markus' verehrte Klavierlehrerin, aber nicht mehr das Herzstück seiner begehrlichen Träume. Markus war in Juliet Morand verliebt.

*

Markus lebt seit langer Zeit in Los Angeles, in einem Apartmenthaus mit traurigen, von der Sonne versengten Gärten, deren spärlicher Rasen gelb ist. Kolibris versenken den Schnabel tief in Strelitzien. Er sieht den Pazifik nicht, aber er riecht das Meer und hört die Brandung, wenn die Flut heranrollt.

Nach Ereignissen, die ihm wie Heimsuchungen vorkamen, war Markus nach San Francisco geflüchtet und mit dem Auto allein bis nach San Diego hinuntergefahren, stundenlang, um unterwegs über seinen Platz in der Welt nachzudenken.

Die Vielfalt imponierte ihm: das Meer, die Berge, die Wüste und die Wälder mit den ältesten Bäumen der Welt. Auch die latente Abbruchgefahr war ein Reiz, die tickende Zeitbombe California, die Vergänglichkeit, eines Tages, unabwendbar, würde der gigantische Rutsch in den Pazifik stattfinden.

Markus entschied sich, in Kalifornien zu bleiben, im gelobten Land. Mit der Greencard wurde er ein Einheimischer, ansässig in Los Angeles.

*

Vor einigen Jahren hatte er Jonas wieder gesehen, als er in die Schweiz geflogen war, um die Mutter zu besuchen.

Sie kam auch gern nach Kalifornien, er nahm sich dann jeweils ein paar Tage frei. Inzwischen gab es kaum einen Ort zwischen San Diego und San Francisco, den sie nicht kannte, sie liebte Palm Springs (die riesigen Dattelpalmen) und Badwater (Death Valley), den tiefsten Punkt der Vereinigten Staaten.

Jonas Gelting lief ihm damals zufällig über den Weg. Sie stutzten beide, standen einander abwägend gegenüber wie große Tiere, Mammuts mit Stoßzähnen, die nicht wissen oder vergessen haben, ob sie Freund sind oder Feind.

Jonas schaute auf die Uhr und nannte ein Café, wo sie hingehen und etwas trinken könnten.

Was treibst du eigentlich in Los Angeles?, fragte Jonas. Spielst du immer noch Klavier? Oder jagst du Kakerlaken?

*

Eine weitere unangenehme Begegnung hängt Markus nach. Sie nahmen an der Beisetzung eines Freundes teil. René Mercier hatte von der ersten Stunde an zu ihrer Clique gehört. Nun hatte ihn ein bösartiger Krebs getötet. Zwischen Diagnose und Tod waren nur wenige Monate gelegen: eine zu kurze Zeitspanne, um wirklich zu begreifen, was da ablief und bereits geschehen war.

Das Unumkehrbare passte nicht ins Konzept willensstarker Menschen.

Bekümmert umarmten sie seine Frau. Sie wirkte wie eine Statue ihrer selbst. Ihre Blässe, unvergesslich. Jonas, der angeschlagen wirkte, versprach ihr seine Unterstützung. Sie wollten den verstörten Kindern, die vor dem Sarg wie vor einem plötzlich umgefallenen Schrank standen, die Hand geben. Doch die schienen sie nicht zu wahrzunehmen.

Anschließend saßen sie im Restaurant beim Friedhof, die Clique, die meisten anwesend, und die neuen Bekannten und Freunde, die Renés Lebensbegleiter gewesen waren. Die Angehörigen waren nicht mehr dabei.

Jonas trank zu viel von dem zum Essen gereichten Wein. Dieser ungerechte Tod wühlte ihn auf, er kämpfte gegen die Tränen, und plötzlich begann er auf Markus einzureden, überbordend, als sei immer noch früher, als wären sie in die Jugend zurückgekippt.

Ich mochte dich nie, Markus. Ich bin immer auf dich eifersüchtig gewesen, du warst der Liebling meiner Mutter. Als sie anfing, dir Klavierstunden zu geben, war es für mich die Hölle. Mama war schwierig, eine komplizierte Person, sie hat Vater immer untergebuttert, nichts machte er in ihren Augen richtig. Er hat unter ihr leiden müssen. Seit der Scheidung haben Papa und ich ein wunderbares Verhältnis, wir treffen uns einmal in der Woche, spielen Schach, besprechen geschäftliche Dinge, fachsimpeln, er weiß alles über Kredite und kennt sich mit Weinen aus, wir öffnen gern eine gute Flasche. Er liebt mich, umarmt mich, er hat mir gesagt, dass er mich schon liebhatte, als ich noch in Mutters Bauch war; und dass es vollends um ihn geschehen sei, als er mich zum ersten Mal in die Arme gelegt bekam und mit dem Zeigefinger meine kleine Nase anstupste.

Abrupt beendete Jonas seine Tirade, hob die Hand, winkte den Kellner herbei, beglich die Rechnung für alle und ging. Mit einem Ruck stand er auf, um mit steifem Rücken, grußlos, ohne Blick nach rechts und links, davonzulaufen. Vermutlich wollte Jonas nicht, dass jemand mitbekam, wie ihm die Tränen hochstiegen. Tränen der Rührseligkeit oder Trauer, wie sollte man das unterscheiden?

Markus war von Jonas' Benehmen überfordert. Er

hatte sich neben ihn gesetzt, weil er nach Nora fragen wollte. Wo lebt sie jetzt, was macht sie, wie geht es ihr?

Markus schaute Jonas hinterher, neben ihm ein leerer Stuhl, auf den sich bald jemand von der Clique setzen würde, um ein Gespräch zu beginnen und ihn zuerst über Los Angeles auszufragen; Markus würde erklären, dass er immer in weißen Hosen am Pool sitze, und nach fünf Minuten in die Vergangenheit einbiegen, wo er gar nicht hinwollte.

Jonas hatte seine Mutter nicht erwähnt, bloß, wenn auch unwissentlich, das Bild korrigiert, das Markus von seinem Vater hatte.

Mit dem eigenen Vater hatte Markus kaum noch Kontakt. Er war wieder verheiratet, mit einer umtriebigen Frau mit zwei Töchtern. Sie liebten Markus wie Schwestern ihren großen Bruder. Er mochte sie auch. Aber sonst war da nichts gewachsen. Er sah sie selten, sein Vater und seine neue Familie hatten ihn noch nie in Los Angeles besucht. Sein Vater würde Markus' Lebensweise nie gutheißen, und seine neue Frau, eine Berufsberaterin und schlechte Köchin, begegnet Markus mit freundlicher Gleichgültigkeit. Der verlorene Sohn würde ein Teil der Familie werden, falls er das anstrebte, wenn er für alle ein aufwändiges Essen zubereitete, das konnte er: amerikanische Steaks und Gemüse (Kalifornien ist ein kulinarisches Paradies), kräftige Pommes (mit Schale), einen süffigen Rotwein (Zinfandel aus dem Napa Valley) und als Nachspeise Eiskrem …

Kochen kannst du, sagt sein Vater.

Doch der gute Mann gibt keine Ruhe.

Du bist ein begabter Kerl, Markus, triffst aber falsche Entscheidungen. Du verplemperst die Zeit mit unwichtigen Dingen.

Ganz bestimmt werden Vater und Sohn nie eine Wertegemeinschaft bilden. Der Vater kommt Markus wie eine weggedriftete Eisscholle vor.

*

Weil Markus sich mit Jonas zerstritt, brach der Kontakt zu den Geltings ab. In seinem Groll fand Markus keinen Weg mehr in ihr Haus. Er spähte nach dem Fenster des Musikzimmers, suchte Nora insgeheim in der Stadt, um ihr seine Entscheidung zu erklären, ihr zu danken und sich zu verabschieden. Aber er begegnete ihr nie mehr. Als trüge sie seit dem Zerwürfnis eine Tarnkappe. Nora stand auf der Seite ihres Sohnes. Trotz dieser Einsicht, der schmerzlichen Richtigstellung seines Wahns, Nora ziehe ihn ihrem Sohn vor, dachte Markus in keinem Augenblick daran, das Klavierspiel aufzugeben. Er spielte allein und ganz in sich versunken ohne die inspirierende Lehrerin.

In der Schule lasen sie Stefan Zweigs *Schachnovelle.* Markus saß nicht nur auf dem Klavierhocker, er setzte sich auch jeden Tag an seinen Spieltisch, stellte Partien der Großmeister nach, lernte sie auswendig und merkte sich die Kombinationen, die ihre Auseinandersetzungen entschieden.

Die entsetzliche Lage eines Menschen, der sich, eingesperrt in einem Zimmer, mit Schach beschäftigt, damit er nicht durchdreht, fesselte Markus. Der Mann (Dr. B.) besitzt ein gestohlenes Buch, es enthält Meisterpartien, die er auf einem karierten Betttuch mit geformten Brotkrümeln nachspielt, wiederholt – und er dringt so tief ins Abstrakte ein, dass er Figuren und Brett in seinem Geist sieht und nichts Materielles mehr benötigt. Sein Vorstellungsvermögen erlaubt es ihm, wie es in der Erzählung formuliert war, *das Schlachtfeld in den unbegrenzten Raum der Fantasie zu stellen.*

Blindschach.

Das will Markus auch erreichen.

Er lernte es und machte dabei eine unerklärliche Entdeckung. Die sich bei jedem Zug ergebende Veränderung im Kopf einzufrieren, um sie beim nächsten Zug wieder aufzutauen und die neue Konstellation zu festigen, fiel Markus besonders leicht, wenn er eine Fuge von Bach hörte.

Er übte unverdrossen, Bachs Fugen gehörten zu seinem

Aufwärmprogramm. Er hatte sie im Kopf, spielte sie fingerfertig herunter. Wenn er am Tisch sitzend eine Partitur las, hörte er die Musik. Sie im Kopf zu haben, die sonderbare Gabe, eine Fuge im Geist mitzuhören, während er Blindschach lernte, war eine Überraschung. Im Gedächtnis schienen zwei Areale gleichzeitig aktiv zu sein und einander zu befeuern.

*

Was wurde aus Nora?

Markus fragte seine Mutter. Sie wusste es nicht genau, hatte gehört, Nora lebe in München. Wegen Arthritis (die Hände) könne sie nicht mehr Klavier spielen. Nora habe sich wieder verheiratet.

Mehr weiß ich nicht, sagte sie.

Vermisst du sie?

*

Nun sollte Markus erneut nach Europa fliegen, um diesem selbstherrlichen Menschen (seinem Ex-Bruder) in der Schweiz die Hand zu drücken und zum Geburtstag zu gratulieren. Bestimmt ließ sich Jonas Gelting gerne feiern. Er hatte etwas vorzuweisen. Und der Anlass durfte auch etwas kosten. Natürlich besaß Jonas längst ein eigenes Haus und einen starken SUV. Die richtige Frau hatte er ohnehin seit ewig: seine loyale Ruth. Diese Ausgangslage motivierte Markus nicht sonderlich.

Musste das sein? Er sah keinen triftigen Grund und schob die Entscheidung vor sich her. Auch die Aussicht, in ein kaltes Land zu fliegen, war unangenehm. Hier lärmten blaue Vögel in den Feigenbäumen und fraßen die reifen Früchte. Hier hingen süße Orangen an den Bäumen, Winterorangen. Hier watschelten Pelikane über den Pier. In der Luft verwandelten sie sich in tolle Flieger. Er beobachtete sie nicht ohne Neid. Mit ihrem massiven Schnabel schöpften sie Fische aus dem Meer, blitzschnell.

Es machte Spaß, am Strand zu gehen, unter Frauen und Männern, die ihre trainierten Körper vorführten. Wenig Stoff, definierte Muskeln, viel nackte Haut, gebräunte Schenkel, knackige männliche und weibliche Hinterteile, silikonisierte Brüste. Sie hoben mit einem Lächeln Gewichte, spielten mit einem eiförmigen Ball und warfen farbige Frisbees.

Das Lächeln war der springende Punkt, seine völlig unerwartete Wirkung.

In Kalifornien fiel es Markus leicht, unvoreingenommen zu bleiben, sich nicht zu verkrampfen, sich nicht in eine Sache zu verbeißen. Markus wusste selbst nicht, wie ihm und was mit ihm geschah, oh, er hatte schnelle Klavierspielerhände. Auf keinen Fall wollte er an diesem Geburtstag Jonas Gelting, seine Ruth und die alte Clique als Pianist unterhalten.

In der Nähe des Melrose Place steht ein etwas vernachlässigter Gebäudekomplex. An der hohen Fassade fällt eine aus Leuchtziffern bestehende Zahlenreihe auf. Eine Weltbevölkerungsuhr. Acht Milliarden, einhundert Millionen, ein paar Hunderttausende, bis zu den unlesbaren Zahlen am Ende, am flirrenden Schwanz.

Blickt man nur auf die Acht und die Eins, scheint die Menge der Neuzugänge nicht ins Gewicht zu fallen. Es stimmt Markus melancholisch, selbst ein Summand in dieser Addition zu sein.

Auf dem Weg zur Arbeit in der Bar fährt er über den Melrose Place. Eine Straße mit tausend Schlaglöchern, das Licht flimmert, Abgase wabern.

Ein Tag mit zu viel Sonne.

Alles überbelichtet.

Ein Tag mit zu vielen unergiebigen Gedanken.

Markus bewegte sich wie ein Übernächtigter durch die Stadt, einer, der unbedacht in den Swimmingpool springt und erst in der Luft erfasst: Da ist gar kein Wasser im Becken. Vermutlich erwischte ihn die Tragweite von Ruths Einladung in diesem fatalen Augenblick. Ihm war plötzlich, neben der digitalen Weltbevölkerungsuhr laufe eine zweite, die nicht die Lebenden, sondern die Toten zählte. Fortwährend wurden Sterbefälle addiert.

*

Wir treffen uns, schrieb Jonas' Frau, im Saal des Restaurant Stadtkeller über dem Fluss.

Er kennt den Ort. Eine gute Wahl.

Die Terrasse gewährt Sicht auf den Fluss. Und auf die schmale Brücke, um deren Pfeiler das Wasser wirbelt.

Die Brücke ist sein Problem: Markus ist mit dem Ort nicht im Reinen. Die Brücke teilt sein Geheimnis. Sie hat mit dem zu tun, warum er die Zusage vor sich hergeschoben hat.

Die Brücke wurde zwischen Freibad und Stauwehr errichtet, um den Schülerinnen und Schülern den Weg zum neuen Schulhaus zu verkürzen. Die Clique schwamm vom Freibad aus über den Fluss. Am anderen Ufer gab es Brachland, über dem Bussarde kreisten, am Weg lagen Kartoffeläcker und Gemüsefelder. Sie trafen sich im Freibad, gammelten herum, fingen Fliegen, redeten über Gott (den es nicht gab) und die Welt (die ihnen offenstand), während die Sonne gnadenlos herabbrannte.

Auf irgendein Zeichen hin, als würden sie gerufen, liefen alle zum Fluss. Wie vom Fließband hechteten sie, einer nach dem anderen, vom Sprungbrett und ließen sich eine Zeitlang im Wasser treiben, lachten, hatten Spaß, bevor alle mit kräftigen Zügen gegen die Strömung angingen, um das andere Ufer bei den drei Tannen zu erreichen. Dort gab es ein Kehrwasser, man konnte gut landen.

Und man musste dort an Land, um die Gefahr zu vermeiden, auf die neue Brücke zugetrieben zu werden, in den gefährlichen Strom, der die Strecke von der Brücke zur Schwelle, über die der reißende Fluss hinabstürzte, in weniger als einer Minute zurücklegte.

Bei den drei Tannen stiegen sie zügig aus dem Wasser. Sie hatten die Überquerung im Griff. In Badehosen trotteten sie auf dem Sandpfad flussaufwärts.

Der Fluss trennte ganz unterschiedliche Bereiche, sie auf ihrer Seite, der wilden Seite, eine verschworene Clique, die anderen, der Rest der Welt und die Schule, dort drüben. Sie hatten sie zurückgelassen, sich von der langweiligen Seite abgesetzt.

Die Sonne stand hoch, knallte auf Rücken und Waden. Oft liefen sie länger als eine Stunde, bis sie zu einer Ruine gelangten. Der Grundriss noch erkennbar, kniehohe Mauern, darüber war vor langer Zeit ein schützendes Dach gebaut worden.

Sie sammelten Holz, machten Feuer. Der Rauch vertrieb die Stechmücken und Bremsen, deren Stiche schmerzten. Die Bremsen waren langsam und leicht zu töten. Falls man sie rechtzeitig bemerkte. Nur kannst du schlecht den Blick auf ein Mädchen heften und gleichzeitig auf dich selbst achtgeben, das nutzten die Viecher aus. Wer eine Bremse fing, steckte ihr, wo der Stachel saß, ein halbes Streichholz in den Hinterleib und ließ sie wieder fliegen, vielmehr in den Tod taumeln.

Sie hockten Schulter an Schulter, brieten Kartoffeln in der Glut. Die Münder und Finger schwarz von der verkohlten Schale. Sie fassten einander an, knutschten, die schwarzen Fingerabdrücke überall auf dem Körper. Jonas zeigte ein Kohle-Mal auf dem Bauch vor, es endete unter seiner Badehose. Eines der Mädchen hatte den Zugriff gewagt. Er spielte sich damit auf. Jede könnte es gewesen sein, wollte er die Clique wissen lassen.

Vor dem Eindunkeln trotteten sie schweigend zum Ufer hinunter und schwammen die lange Strecke flussabwärts ins Freibad zurück, wo sie reingewaschen aus dem Wasser stiegen.

Was aus der Clique wurde? Jonas war der Inhaber einer Firma, ein Zulieferer, der große Auto-Marken bediente. Ruth, eine Chemikerin, war in der Forschung tätig. Ruth, wenn nicht er selbst, hatte das Kohle-Mal auf Jonas' Bauch hinterlassen und ihn schließlich geheiratet.

Bei ihnen lief es gut, Kinder hatten sie keine.

Markus rief sich weitere Namen und Biografien in Erinnerung.

Aldo war Lehrer, hatte Familie und Haus.

Mira lebte mit ihrem Mann und der Familie ihrer Tochter als Selbstversorger im Burgund.

Stefan war Ingenieur, hatte Kinder aus zwei Ehen, war nun bekennender Einzelgänger.

Margrit war Designerin, Single, eine Tochter, und gestaltete Möbel, die sie herstellen ließ.

Nello war Architekt im Team Botta, hatte zum zweiten Mal Haus und Familie.

René war tot.

Belinda führte ein Fitnessstudio, Kinder ausgeflogen, der Mann betreute Segelschiffe.

Paul war Drogist. Er besuchte als Pharmareferent Ärzte und Apotheker und hatte bereits Enkel.

Maja war Journalistin, arbeitete für das Fernsehen, betreute einen erwachsenen Sohn mit Downsyndrom.

Markus selbst war ausgewandert und verdiente sein Geld mit Musik und Schach. Er saß mit dem Rücken zum Brett und spielte blind. Ab dem späteren Nachmittag war er in der beliebten Bar eines Hotels Pianist.

Im Prinzip gefällt Markus sein Leben.

Seine Freundin will ihn voranbringen.

Du solltest auf die Konzertbühne, Mark.

Du solltest mehr Turniere spielen, im Internet, dein ELO ist fantastisch, du solltest dich besser verkaufen, Mark.

Sally klingt wie sein Vater. Sie ist Assistant Manger und hat Markus den Job an der Hotelbar verschafft.

Der Flügel ist ein alter Steinway und wie für ihn gebaut. Er liebt den transparenten Klang, ideal für seinen schnellen und leichten Anschlag. Die Bar hat die Akustik eines

Konzertsaals. Genau besehen, das sind Markus' Werte, ist es ein Privileg, in dieser eleganten Bar auf diesem perfekten Flügel zu spielen. Niemand schreibt ihm die Musik vor. Natürlich wird erwartet, dass er alle Stilrichtungen beherrscht, die legendären Hits und Evergreens im Repertoire hat und fließend vermischt. Mit einem Lächeln.

Das klare Licht des frühen Abends, bevor sich die kalifornische Sonne mit einem Ruck ausknipst, inspiriert ihn beim Improvisieren.

Leider möchte Sally heiraten und Kinder. Sie ist Ende dreißig. Es bleibt ihr dafür nicht mehr allzu viel Zeit. Ihre Denkweise ist klar, es gibt nichts Kleingedrucktes. Sie wünscht, dass sie zusammenziehen. Markus fürchtet, dass, was Sally vorschwebt, nicht mit dem zu vereinbaren ist, was er selbst möchte.

Sallys Streben ist gut nachvollziehbar und berechtigt. Nur will Markus sein Leben nicht umkrempeln. Und er ist zu alt für ein erstes Kind. Dass die biologische Uhr für Männer nicht tickt, ist eine Täuschung. Er weiß das, für ihn stimmt es nicht. Ein Kind zeugen und ein guter Vater sein, das sind zwei verschiedene Felder. Das hat er selbst erlebt.

Sally unterstellt ihm, sie nicht wirklich zu lieben.

Sie wird ihn rechtzeitig verlassen.

Am Steinway ist Markus oft glücklich. Wenn keiner der Gäste mit der gebotenen Aufmerksamkeit zuhört, spielt er, als ob der Flügel leicht verstimmt wäre. Dann horchen die Leute auf, meistens ohne zu merken, dass es seine Musik ist, die sie irritiert.

Das Hotel bietet die Bar für Firmenanlässe, Familienfeste und Jubiläen an. Der Pianist steht dann zur Verfügung. Nicht selten will jemand, meist eine Frau, zu Ehren von jemandem, meistens ist es ein Mann, ein Lied singen. Markus ist als Begleiter gefragt.

Er macht das gern.

So lief es auch an dem verhuschten Tag, als Markus die Einladung von Ruth erhielt.

Markus klimperte locker, modulierte die Standards, improvisierte, spielte ein Medley, saß entspannt am Flügel und glitt, ohne dass er es gleich wahrnahm, aus der Gegenwart heraus, um sich in der Jugend wiederzufinden, im alten Freibad, verknallt in ein Mädchen.

Sie hieß Juliet. Seit einem halben Jahr war sie in seiner Klasse, zugezogen aus Delémont. Juliet sprach Deutsch mit französischem Akzent. Die Kleine ist extrem sexy, schwärmte Jonas. Sie himmelt mich an, sie macht es mir bestimmt auf Französisch. Er grinste. Ich werde das testen, erklärte der Angeber, ich werde mir von Juliet einen blasen lassen.

Markus stimmte ihm nicht zu, lächelte nicht.

*

Die Zeit kann nicht rückwärtslaufen. Doch sie nahm sich das Unmögliche heraus, während Markus dem Steinway Barmusik entlockte. Die Ursache der Umkehr war eine junge Frau. Sie stand beim Flügel.

Spielen Sie ruhig weiter, hatte sie gesagt und gebeten, für den Jubilar, der seinen Achtzigsten feierte, ein Lied singen zu dürfen.

Geht das? Ist das okay für Sie?

Markus schaute mit einem Lächeln auf. Und bekam Herzklopfen. Die Frau war Juliet Morand wie aus dem Gesicht geschnitten. Ihre Figur, das Haar, das wasserhelle Blau ihrer Augen, ihre Stimme und das jugendliche Alter. Die Frau war ein Klon von Juliet, achtzehn Jahre jung. Sie war Juliet oder musste Juliets Tochter sein.

Unmöglich. Eine Täuschung.

Juliet wäre jetzt fünfzig.

Doch Juliet ist ertrunken.

Die junge Frau sagte: U2, *California,* Sie kennen den Song?

Sie schaute Markus lange an, blickte ihm fadengerade in die Augen.

Ja, sagte er etwas heiser.

A-Dur, sagte sie, 130 Schläge …

Um ihn am Arm zu berühren, war sie zu jung.

Markus gab ihr den Ton.

Der Augenkontakt hatte die Zeit aus dem Gleichgewicht gebracht. Wie ein elektrisches Klavier, dachte er im Nachhinein, ein Piano, das einen derben Tritt erhält und aus dem Rhythmus fällt.

Ohne Vorwarnung wiederholte sich, was damals geschehen war.

Er ist wieder achtzehn. Juliet sitzt auf der Wiese im Freibad. Sie hat die Knie angezogen, die Arme darumgelegt. Ruth ist auch dabei, hartnäckig kämpft sie um Jonas' Aufmerksamkeit. Sie ist bestrebt, ihn an sich heranzulocken.

Wir schwimmen jetzt über den Fluss, ruft Jonas und richtet sich an Juliet: Komm doch mit.

Juliet gehört nicht zur Clique.

Sie ist noch nie über den Fluss geschwommen.

Sie lächelt schief, bleibt sitzen.

Auch Ruth bleibt sitzen, versteinert. Jonas lässt sie zappeln. Er bekennt sich nicht zu Ruth, nur in ihren Augen ist er ihr Freund. Sie verbietet sich Tränen. Sie wird kämpfen und leiden, Ruth ist eine Frau, die stärker liebt, als sie geliebt wird.

Jonas wippt auf dem Sprungbrett, produziert sich und geht mit einem Salto ab. Die Clique ihm hinterher. Nur Ruth und Markus und Juliet bleiben sitzen, und keiner der Zurückgebliebenen ahnt, dass Juliet in einer Stunde tot sein wird. Alle drei hängen eigenen Gedanken nach, persönlichen Motiven, jetzt zu bleiben oder wegzugehen oder der lauten Clique wie ein versprengtes Entenküken hinterher zu schwimmen.

Die Clique verhielt sich wie ein Schwarm. Ohne geschriebene Regeln. Jeder und jede hatte ihre Gesetze verinnerlicht. Hätte ein anderer als Jonas gesagt: Wir schwimmen jetzt los, wären auch alle ins Wasser gesprungen.

Markus hatte sich bewusst zurückgehalten. Er wollte bei Juliet bleiben. Allein mit Juliet. Die anderen sollten endlich abhauen. Das spürte Jonas. Er reagierte sofort. Keiner durfte es wagen, ihm ein Anrecht streitig zu machen. Jonas löste den schnellen Aufbruch aus, um Juliet Morand von Markus wegzulocken. Sie sollte ihm folgen. Er versuchte, Markus' Plan zu vereiteln. Das nahm ihm Markus übel. Damit begann ihr Zerwürfnis.

Juliet war wasserscheu.

Sie kam aus dem Jura, war Wälder und Wiesen gewohnt, hatte Angst vor dem Fluss.

Die Kleine ist ein echtes Landei, hatte Jonas festgestellt. Richtig. Doch Juliet war auch das schönste Mädchen, das ihm jemals begegnet war.

Die junge Frau, die Markus gebeten hatte, sie am Flügel zu begleiten, sang ohne Getue; ihr Ohr war gut, sie intonierte geschmeidig. Ihre Stimme und Markus' Spiel erzeugten den für U2 und Bono genau richtigen Sound.

Sie stand etwas scheu und doch keck neben dem Flügel, er musterte sie unverhohlen und sah, während sie dem Jubilar zublinzelte, Juliet.

Er sitzt mit Juliet am Ufer. Wie erträumt. Es ist still. Die Clique schwimmt draußen im Fluss, er sieht Schultern, Köpfe, rudernde Arme. Jetzt muss nur noch Ruth verschwinden. Endlich steht sie auf, stakst missmutig davon, enttäuscht. Die dünnen Beine fallen auf, resigniert, die Knie sind spitz. Auch Ruth ist unglücklich verliebt. Es ist Markus egal. Er ist jetzt mit Juliet allein. Sie zieht eine Schnute. Er übergeht das. Bewundert, wie sie auf dem roten Badetuch in der Sonne sitzt, wie ihre Haut leuchtet, das Haar glänzt. Statt ihr seine Liebe zu gestehen, macht er einen Fehler. Markus lästert über Jonas, er sei *un filou*, versucht Markus zu glänzen, ein ganz schlimmer Finger. Doch Juliet durchschaut seine Absicht. Er fängt an, über Schach zu reden, langatmig, macht sich wichtig. Es ist falsch. Es ist nicht der Fall, dass er Kasparow besiegen könnte, Juliet weiß nicht einmal, wer Kasparow ist.

Es ist unverzeihlich. Markus schämt sich. Trotzdem hört er nicht damit auf und erklärt: Schach ist ein Spiel, das den Zufall ausschließt.

Ihre Antwort verblüfft ihn: Und wenn einer zufällig einen genialen Zug macht?

Ohne Markus weiter zu beachten, steht Juliet auf, geht zum Ufer. Sie schaut übers Wasser, benetzt sich und macht den ersten Schwimmzug. Es drängt sie zu Jonas.

Sie ist in Jonas verknallt.

Markus bleibt sitzen, starrt ins Gras.

Nach ein paar Minuten sucht er die Schwimmerin im Fluss, er sieht ihren Kopf, die rudernden Arme und begreift, dass sie die drei Tannen nicht erreichen wird.

*

Die Lokalzeitung berichtete ein paar Tage später von dem tragischen Badeunfall. Augenzeugen gebe es keine.

*

In seiner Verzweiflung erzählte Markus niemandem, dass er Juliet im Fluss gesehen hatte. Dass er aufgesprungen und am Ufer entlang gerannt war, dass er Juliet gesucht und gefunden hatte.

Markus bemüht sich um Gefasstheit.

Juliet blieb an einem der tückischen Pfeiler hängen. Sie war keine geübte Schwimmerin, hatte sich ungeschickt verhalten, war in Panik geraten.

Markus hat sich den Ablauf tausend Mal vor Augen geführt. Juliet hielt sich in der Flussmitte über Wasser, so muss es gewesen sein, sie schwamm auf die Brücke zu und sah ihre Rettung darin, sich an einem der Pfeiler festzuhalten. Aber um die Pfeiler bildete die Strömung starke Strudel. Der kreiselnde Sog riss Juliet in die Tiefe. Es hätte einer übermenschlichen Anstrengung bedurft, von dem Pfeiler wieder loszukommen.

Markus war zur Brücke gerannt, über den Mittelpfeiler ins Wasser geklettert, hinabgetaucht. Vergeblich. Er kletterte wieder auf die Brücke hoch, machte einen zweiten Versuch.

Die Zeit lief gegen ihn und gegen Juliet.

Beim dritten Tauchgang fand er sie, die Augen weit offen, blaue Augen, von einer Intensität, wie er sie bei einer Lebenden nie gesehen hatte.

Markus versuchte, Juliet vom Pfeiler zu befreien, hatte aber zu wenig Kraft. Er musste das Liebste loslassen.

*

Man kann darüber nachdenken, so viel man will. Es kommt nichts dabei heraus. Man kann es nur schlucken und weitermachen.

Das hatte Markus getan, es war ihm gelungen. Er hatte das Ereignis in sich versenkt. Trotzdem gab es Momente, in denen das Vergangene nicht vergangen sein wollte. Die Einladung zu Jonas' Fünfzigstem. Die junge Sängerin, der er ein Riesenkompliment machte, weil sie jeden Ton traf. Auch nach ihrem Namen hatte er sie gefragt.

Markus zögerte.

Jedes Mal, wenn er beschloss, einen Flug zu buchen, kam ihm etwas dazwischen.

Dass er am Ende nicht fliegen konnte, weil es keinen freien Platz mehr gab, hörte sich wie einer der schrägen Töne an, die er gelegentlich am Flügel in sein Spiel einbaute.

ES IST SEIN LEBEN

Sie geben keine Ruhe. Die Tochter (47) schreibt lange E-Mails, der Sohn (44) mimt den Bedenkenträger. Sie wollen ihn überzeugen, Schritte in ihrem Sinn zu tun. Er bockt. Er durchschaut die Absicht. Er will nicht. Die Kinder klingeln ohne Anmeldung an seiner Tür, treten ein, trampeln in seinem Haus und seinem Leben herum. Am liebsten sähen sie ihn als ihre Marionette: Sie ziehen an den Fäden, er bewegt sich auf ihr Ziel zu.

Du verkriechst dich.

Das kann man so sehen.

Er ist nun einmal gern für sich und bei sich. Er lebt gern allein.

Eine Studie beweist, droht der Sohn, dass der beste Garant für Glück soziale Kontakte sind …

Die Kinder langweilen ihn. Sie haben graues Schläfenhaar und schwatzen ihm die Ohren voll. Ohrstöpsel müsste er kaufen, unsichtbare.

Er soll das Haus aufgeben.

Emil (78) wendet sich ab. Die Argumente kennt er auswendig, mag sich nicht länger damit herumschlagen.

Er will nichts erklären, er will sich nicht rechtfertigen müssen.
Es ist sein Leben.
Es ist sein Haus.

Das Vater-Bild, das sich in den Köpfen seiner Kinder festgesetzt hat, gefällt ihm nicht. Sie wollen ihn nicht verstehen. Früher hielten sie ihn für allwissend. Nun nehmen sie den Titel für sich selbst in Anspruch und führen sich auf, als trage er die Kleider falsch herum, und plagen sich tatsächlich mit der Sorge, er könnte sich im eigenen Haus verirren.

Das Haus ist zu groß für dich, Papa, viel zu groß für eine alleinstehende Person. Auch der Garten.

Nicht alles, was die Kinder vorbringen, ist falsch. Er hat das Dafür und Dawider in seinem Tagebuch erörtert. Ich könnte auch würfeln, kam dabei heraus. Er findet sich blind im Haus zurecht und verwechselt die Spülmaschine nicht mit der Waschmaschine. Den Heimweg hat er noch nie verfehlt. Den Garten, das dürften die Kinder doch nicht vergessen haben, bestellt schon lange eine Firma.

Ihm kommt das Haus zu hell vor. Durch alle Fenster scheint die Sonne und blendet. Niemand teilt Emils Unbehagen. Er verspürt auch kein Bedürfnis, es zu teilen. Zum Glück wechselt das Wetter ja schnell. Das Beste, was die Sonne schafft, ist der Regenbogen. Er ist ein Liebhaber des Halbschattens. Auf der Welt, schrieb er in sein Tagebuch, leben mehr Schattenwesen als Sonnenanbeter. Auch diese nächtliche Mutmaßung behält Emil für sich. Er schweigt, ohne sich auf die Zunge beißen zu müssen. Das laute Denken hat Emil sich abgewöhnt. Laut denkt er nur, wenn er über Zustände flucht, die ihm zuwider sind. Gern lässt er die Zeit sausen und versinkt in Erinnerungen. Er möchte herausfinden, wie es war, zum Beispiel, was er fühlte, welche Härchen sich sträubten, als er, in der besten Zeit seines Lebens, am Abend auf das Haus zufuhr, das eigene Haus in der Landschaft. Er sah zuerst die Fenster, leuchtende Vierecke. Ja, das Haus ist, falls ihm etwas zustößt, knapp eine Stunde von der Stadt entfernt. Von ihren Lebensrettern. Die Minuten laufen dann gegen dich. Er wischt das Szenario von Tochter und Sohn beiseite. Sie wollen ihm damit Angst einjagen, sie wollen ihn bevormunden. Und am Ende erweist sich die Abgeschiedenheit als ein Kapitel in der Geschichte der Barmherzigkeit. Es wäre schön, ja. Doch tief in der Nacht, wenn er aus dem Schlaf aufschreckt und sekundenlang in der Dunkelheit liegt, fürchtet er sich vor genau dieser Möglichkeit. Sie sitzt als Gespenst auf einem Stuhl und liest mit Augen, die weder Brille noch Licht benötigen, in einem Buch. Er bibbert. Das Gespenst lässt sich Zeit. Wartet ohne Anzeichen von Ungeduld. Ist nicht Feind. Ist nicht Freund. Ist die Ruhe selbst. Könnte aber das Buch zuklappen und den Schalter umlegen, der in seinem Kopf ein Feuerwerk zündet.

Emil schaltet das Licht an. Keine Panik. Alle Lichter schaltet er an. Nun hört er das Ticken der Uhr, hört das Ticken aller Uhren, auf die er jemals geschaut hat. Und sich selbst sieht er als alten Mann, der mit erhobenen Armen eine Pirouette dreht, in Zeitlupe. Die Angst macht keine Geräusche. Sie würgt ihn. Trockener Hals. Kaum Speichel. Er schluckt. Auf dem Bett neben seinem schläft der Hund. Alles in Ordnung. Er ist versucht, den Notruf zu betätigen, ein Test, um zu kontrollieren, wie lange es dauert, bis der Krankenwagen vorfährt. Ob der Krankenwagen nach fünfzehn Minuten vor dem Haus steht und drei Sanitäter die Treppe hoch rennen. Du könntest, falls etwas Irreparables, falls dein Gehirn im Blut schwimmt, nicht sterben. Weil du gerettet wirst. Weil niemand entscheiden darf, ob ein Leben noch lebenswert ist. Es ist ein Gesetz. Unversehens hängst du an Schläuchen und Maschinen. Auf dem Monitor über dem Bett sind die Herzschläge zu sehen. Eine Wellenlinie bedeutet: Patient lebt, eine Gerade beweist: Patient tot. Aber das ist eine andere Geschichte.

Der Hund auf dem Bett gehörte seiner Frau.

Bettina, denkt er, sprach mit dem Hund mehr als mit

ihm. Er vertraute sich dem Tagebuch an. Die Frau war auf sein Tagebuch und er war auf ihren Hund eifersüchtig gewesen.

Der Mann und der Hund leben parallel. Jeder duldet den anderen. Seit Frauchen nicht mehr anwesend ist, knurrt der Hund Emil mutwillig an. Er mag das Tier nicht, ist aber sein Versorger. Der Hund riecht aus dem Maul. Wenn es stimmt, was Bettina sagte, dass ein Hundejahr sieben Menschenjahren entspricht, ist er nun achtzig.

Der Hund zuckt im Schlaf, er träumt.

*

Es hatte geregnet, der Regen prasselte auf die Blätter der Bäume. Davon war er früher als üblich aufgewacht, um fünf Uhr dreißig. So hatte er es im Tagebuch festgehalten: der Regen und die Blase.

Er war zur Toilette geschlurft, hatte sich vor die Schüssel gestellt und auf den Strahl gewartet. Und bis sich das letzte Tröpfchen gelöst hatte. Dieser Vorgang war stets mühsam und demütigend.

Der Regen bildete eine Wand aus Wasser. Das Wetter war das Befremdlichste am Landleben. Man war ihm ausgeliefert. Der Wind in den Bäumen hielt ihn wach.

Als er ins Zimmer zurückgekommen war, lag seine Frau anders als sonst im Doppelbett. Es fiel ihm sofort auf. Sie lag falsch im Bett. Mit ihrer Reglosigkeit stimmte etwas nicht. Er berührte ihren Körper. Die Beine waren eiskalt, ihre blauen Augen standen halb offen.

*

Die Kinder halten den Vater für störrisch und einsam. Es ist, als sprächen sie gegen eine Wand. Alles prallt an ihm ab. Ihre Fürsorglichkeit verwechselt er mit Einmischung. Dabei wollen sie das Beste für ihn, so wie er früher das Beste für sie wollte.

Papa, zieh in eine Wohnung um.

Das Haus ist nicht mehr der richtige Ort für dich.

Sie schildern ihm die Vorteile der Stadt, als erstrebten sie ein Diplom im Fach *Kommunikation mit Senioren*.

Emil gibt in der Küche Nescafé-Pulver in eine Tasse und gießt heißes Wasser darüber. Das Radio läuft, er besitzt einen tragbaren Weltempfänger, der mit ihm von Raum zu Raum zieht.

Was geschieht mit dem Hund?

Muss ich den Hund in die Stadt mitnehmen?

Die Tochter ruft an, sie möchte hören, dass es ihm gut geht. Wenn sie nicht anriefe, hätte sie ein schlechtes Gewissen. Sie will ihn nicht überwachen, fragt zu ihrer Beruhigung: Papa, du hast die Medikamente doch genommen? Der Vater bleibt einsilbig. Will nichts preisgeben. Alles gut. Seit zehn Jahren benötigt er Blutdrucksenker, eine minimale Dosis. Falls er die Tablette hin und wieder vergisst, geschieht nichts. Es ist kein Fehler mit zwingenden Folgen. Die Tochter erzählt von der Mutter einer Freundin, von der schönen Aussicht der Witwe, in der Stadt nette Bekanntschaften zu schließen, und weist ihn auf tolle neue Dinge hin, die er schon lange kennt. Er geht doch ins Kino, besucht Museen, stöbert in Buchhandlungen. Er benötigt weder einen Stadtplan noch einen digitalen Stadtführer, weiß auch, wie der öffentliche Verkehr funktioniert, welcher Bus, welches Tram wohin fährt; er hat das alles im Kopf.

Emil spürt, dass er sich verschließt, der töchterliche Monolog verdirbt ihm die Laune. Er möchte ein Pflaster auf ihren Mund kleben. Sie spricht gnadenlos weiter, erwähnt gerade Vinotheken, als er ihr ins Wort fällt: Ich bestelle den Wein schon lange online. Gut, sagt sie, sehr gut.

Er fragt nach ihren Bandscheiben.

Mach dir keine Sorgen um mich, Papa.

Die Zeit vergeht, die Jahreszeiten wechseln, die Litanei ändert sich nicht. Sonntag, die Kinder kreuzen auf, bringen Kuchen mit. Die Tochter hantiert ungebeten in der Küche.

Frischer Kaffee, fragt sie mit vorwurfsvoller Mimik, frische Milch?

Sie schaut in den Kühlschrank, hast du keine Milch?

Trinkst du nur noch Nescafé?

Schwarz, mit Zucker, antwortet er, als hätte er die Quengelei der Tochter gar nicht mitbekommen.

Schmeckt doch, sagt er, auch der Kuchen.

Linzertorte, sagt die Tochter.

Ich weiß, nach Mamas Rezept gebacken.

Die Kinder wirken angespannt. Der Kaffee ist unter ihrem Niveau. Sie benehmen sich wie Bodyguards, vor denen man sich hüten muss. Am liebsten würden sie sich im Haus umsehen, eine Kontrollrunde drehen.

Der offene Kamin, machst du noch Feuer?

Das Feuerholz liegt ordentlich gestapelt im Fach. Daneben die Schachtel mit den langen Streichhölzern.

Der Sohn meint zum dritten Mal: vernünftigerweise.

Seine Kinder ermüden ihn und das lässt er sie spüren.

Der Hund liegt auf dem Teppich.

Der Sohn schaut auf die Uhr. Die Tochter steht auf. Sie umarmen ihn zögerlich. Der Sohn fasst den Vater am Oberarm, die Tochter streichelt ihm über die Wange. Seine Kinder sind fülliger als er. Der Sohn hat die halbe Linzertorte aufgegessen, die Tochter mehrere Würfel Zucker im Kaffee versenkt. Den Hund beachten sie nicht. Der Hund ignoriert sie ebenfalls. Er würde den Kopf nicht heben, wenn sie ihm einen Keks anböten.

Wieder befreit schaut Emil zu, wie der Hund den Rest der Linzertorte frisst. Eine Zukunft, in der er als Hundehalter in städtischen Anlagen warmen Kot in einen Beutel füllt und in seine Tasche steckt, schreckt ihn ab. Es ist kompliziert genug, dass der Hund Bettinas Schlafplatz erobert hat.

*

Ein Jahr später.

Eine Wohnung in der Stadt wäre wirklich das Beste für dich, beginnt die Tochter unverdrossen. Das Beste für alle. Niemals wird sie ihre Endlosschleife verlassen. Du weißt ja, die medizinische Versorgung – im Notfall.

Vernünftigerweise, doppelt der Sohn.

Willst du mich verschaukeln, schnauzt Emil ihn an. Mit Vernunft hat das gar nichts zu tun.

Der Sohn verschränkt die Arme vor der Brust. Das betont sein Doppelkinn. Die Tochter rettet die Situation. Zu Emils Verwunderung sagt sie: Ich würde unser Haus übernehmen. Ich kann mir vorstellen, mit meiner Familie aufs Land zu ziehen, es ist ein prächtiges Familienhaus.

Sie bekräftigt ihre Idee mit einer Mail, sie sagt alles mehrmals; vielleicht muss sie das tun, damit sie es selbst glaubt.

Emil hat nachgedacht, sein Herz ist kein Stein. Er kennt seine Situation und macht sich nichts vor, will aber nicht mehr langfristig planen. Für einen Augenblick wähnt er, in die Kristallkugel einer Wahrsagerin zu blicken: Du lebst allein in einem Familienhaus. Deine Frau wohnt auf dem Friedhof. Den Hund hat sie zurückgelassen. Er wird nie aufhören, sie zu vermissen. Du wirst nie seine Nummer eins.

Trotzdem wäre es pietätlos, den unglücklichen Hund wegzugeben, ihn als Eheballast abzuwerfen; im Gegenteil, er muss sich um den Hund kümmern, er ist es Bettina schuldig, muss Ekel und Abscheu überwinden. Die Betreuung des Hundes ist ein letzter und irrealer Liebesbeweis.

Noch etwas macht ihm zu schaffen. Muss er kapitulieren? Er hat den Punkt noch mit niemandem besprochen. Muss er aufgeben, weil er zu wenig Präsenz hat, um das große Haus zu beleben, keine dem Volumen entsprechende Körperlichkeit? Er bildet sich ein, für sieben Zimmer voller Vergangenheit ein zu geringes Gewicht zu besitzen, und die Seele wiegt ja nichts.

Nach dieser inneren Wende schaut er sich im Internet nach einer Wohnung um, in die er hineinpassen könnte. Als Bewerber füllt er ein seitenlanges Formular aus. Zuerst schreibt er den Namen hin: Emil Dolder. Alle Daten. Er muss peinliche Fragen beantworten. Vorstrafen? Betreibungen? Es gibt Auflagen und Kriterien. Er muss seine privaten und finanziellen Verhältnisse offenlegen. Der amtliche Zivilstand ist anzugeben. Emil Dolder schreibt: verwitwet. Witwer klingt nicht gerade sexy. Es definiert ihn negativ. Er überlegt, die altmodische Bezeichnung im etymologischen Wörterbuch nachzuschlagen.

*

Das vierstöckige Haus, in dem Emil Dolder nun lebt, ist Teil einer städtischen Siedlung mit einhundert Wohnungen und einem grünen Innenhof.

Vom Balkon schaut er auf Platanen hinunter. Sie haben dunkle lappige Blätter und werfen Rinde ab wie Schlangen die Haut. Zwischen den Bäumen stehen schwere Tische und Bänke.

Emil beobachtet, was sich im Hof abspielt. Er sieht den Sandkasten. Es ist nie langweilig. Die Ketten der Schaukel knirschen. An der Wand der Hütte, zu der eine Strickleiter führt, ist ein Basketballkorb befestigt. Emil versucht, Sprachen zu erkennen. Jede hat ihren Sound. Er bleibt im Verborgenen, ohne sich verstecken zu müssen. Er ist unsichtbar, weil niemand zu den Balkonen hochschaut, und das gefällt ihm.

Da er das Haus jeden Tag verlässt, kennt man ihn als den alten Mann mit dem Hund, der nicht gehorcht, aber auch keinen anspringt.

Er ist ein Neuer in der Siedlung, schmales Gesicht, gerade Nase. Er trägt taubenblaue Anzüge, schöne Hemden, die Hose nie ohne Gürtel und ist bestens beschuht.

Ein tadelloser Mann.

Die Seele eine Dörrpflaume.

Seine Wohnung, die noch nie ein Besuch betreten hat, ist spärlich möbliert. Den Schreibtisch hat er mitgenommen, seinen Lesesessel – und natürlich die Tagebücher. Er vermisst das frühere Haus selten, den Garten nie.

Seinen Balkon hat er erst nach dem Umzug entdeckt. Nun kommt er ihm wie ein Mastkorb vor. Emil schaut den Spielern beim Schach zu, sie betreten das auf den Boden gemalte Feld und verschieben Figuren, die ihnen fast bis zur Hüfte reichen. Am liebsten würde er einen Feldstecher kaufen. Doch das geht nicht, er muss es sich verbieten.

Er könnte in den Hof gehen und sich zu den Zuschauern stellen, die ihre Tipps abgeben.

Zu den ungeschriebenen Gesetzen gehört auch, sich nicht weit über die Brüstung zu lehnen, um auf den Balkon des Nachbarn zu schauen. Emil begnügt sich mit dem, was er hört: Rockmusik, Wellensittiche, das Hacken eines schweren Messers, den robusten Mixer, einen Mann, der mit Kopfstimme singt. An manchen Abenden sitzt er auf dem Balkon, trinkt ein Bier, verspeist eine Pizza vom Lieferdienst und spürt, dass auf dem angrenzenden Balkon auch ein Mann sitzt, der Bier trinkt. Der Verschluss zischt, wenn eine neue Dose geöffnet wird. Letztens, Emil zählte es, leerten sie zusammen ein Sixpack.

Der noch fremde Nachbar namens Kalt, mit dem er Tür an Tür wohnt, ist ein geschäftiger Typ, trägt Jogginghosen, XL-Pullover und farbige Turnschuhe. Er bündelt sein Resthaar zu einem dünnen Schwänzchen, das er durch den Verschluss der Cap zieht.

Emil Dolder kennt ihn flüchtig. Vom Sehen. Sie grüßen einander mit einem förmlichen Nicken (Dolder) oder freundlichen Knurren (Kalt), aber ohne die Namen zu nennen, auch der Nachbar trägt das Stigma *Alter Mann*.

Jeremias Kalt benutzt den Aufzug. Treppensteigen ist ihm zu mühsam. Er ist zu schwer. Die Knie schmerzen, die Hüfte ist kaputt. Er sollte unters Messer. Künstliche Gelenke wären ein Segen, aber nicht zu vergleichen mit den eigenen, als sie noch funktionierten wie geschmiert. Doch die Schäden sind Tatsachen. Außerdem würde ihm der Schnauf ausgehen, sein Gewicht, er müsste nach Luft schnappen, bekäme für den Aufstieg in den vierten Stock zu wenig Sauerstoff.

Emil Dolder geht zügig hoch, vier Treppen schafft er leicht. Zum Glück. Denn er muss die Treppe nehmen. Der Hund sperrt sich gegen den Aufzug. Emil redete ihm gut zu, zog an der Leine, zerrte am Halsband. Der Hund behielt seinen Willen.

Dass der eine Mann die Treppe nimmt und der andere den Fahrstuhl, könnte ein Grund sein, warum Dolder und Kalt noch nie miteinander ins Gespräch gekommen sind. Von Balkon zu Balkon spricht man nicht, das sind getrennte Sphären. Wenn sie sich auf der Straße begegnen, bleibt keiner stehen. Im Hof, wo Kalt Schach spielt, gilt Hundeverbot. Jeder der Männer geht seiner Wege, eine Schnittstelle fehlt.

Jeremias Kalt wohnt in der Siedlung, seit sie besteht. Zuerst war er allein. Bald kam eine Frau dazu. Sie ging wieder. Eine neue Frau schloss sich ihm an, sie blieben zu lange ein Paar. Nach einer stürmischen Zeit der Frauenlosigkeit folgte eine Ehe.

Seit der Scheidung lebt Kalt wieder allein. Doch ganz allein ist er nie. Er hält Wellensittiche, liebt die geschwätzigen kleinen Vögel. Als er zehn Jahre alt war, erhielt er einen Wellensittich geschenkt. Der handzahme Hansi setzte sich auf die Lok der elektrischen Eisenbahn und fuhr im Kreis herum.

Wellensittiche sind Lärmquellen, beschweren sich Nachbarn. Es kümmert Kalt nicht. Nachbarn kommen und gehen, die Nachbarschaft wechselt das Gesicht. Die munteren Vögel sind nicht lauter als Pink Floyd, seine musikalischen Untermieter seit *The Dark Side of the Moon*. Der dicke Mann mit der Cap grinst: Wenn du kein Musikgehör hast, ist *de facto* alles, was Schallwellen erzeugt, eine Lärmquelle. Der Presslufthammer, das Radio, alle Kinder, streitende und vögelnde Paare. Am lautesten sind die Basketballspieler, ihr ständiges Prellen, ihre satten Würfe gegen das Brett hinter dem Korb.

Seit zwei Jahren wohnen die Männer Tür an Tür.

Emil Dolder gefällt es in der Siedlung, der Umzug war ein richtiger Schritt. Er profitiert vom Prinzip Durchmischung. Hier leben Familien, WGs, Paare, Singles und Senioren. Und er mittendrin. Er muss den Hund allein lassen, wenn er den Treffpunkt aufsucht, das Café mit Sofas und Sesseln, oder im Hof eine Runde gehen will, einen Becher Kaffee in der Hand. Der Hund jault auf dem Balkon. Emil mutet ihm das Alleinsein zu, der unzufriedene Hund wird sich beruhigen. Wenn er Emil ärgern will, zernagt er ein Paar Schuhe.

Der Hund fühlt sich wie ein adoptiertes Kind und nimmt es der ganzen Welt übel, dass er weggegeben wurde. Er lässt oft den Kopf hängen, die Zunge schlappt aus dem Maul. Der Hund legt an Gewicht zu, kommt immer schlechter die Treppen hoch. Er trinkt zu wenig Wasser, sein Urin stinkt … Trotzdem kann er das Jagen nicht lassen, hetzt eine Taube.

Bremsen, zu spät, dumpfer Aufprall.

Die Taube fliegt über die Kühlerhaube weg, der Hund fliegt hinterher, prallt gegen die Frontscheibe, schlägt auf den Asphalt.

Die Fahrerin steigt aus, verwirft die Hände, lamentiert.

Sie können nichts dafür, sagt Dolder seltsam unbeteiligt, als benötigte die Frau Trost. Ich habe es ja gesehen, ich habe es kommen sehen. Der Hund ist ihnen vor den Wagen gelaufen.

Der Hund liegt da.

Ein verrenkter Körper.

In diesem Augenblick kommt Jeremias Kalt dazu. Er hat das Unglück miterlebt, bückt sich zu dem armen Hund, plumpst auf die Knie, berührt den Kopf des Tieres und erklärt: Er lebt.

Der Hund kann nicht aufstehen, versucht nicht einmal hochzukommen. Da ist aber auch kein Blut. So wie es aussieht, nimmt der Hund nichts mehr wahr. Wohl auch keinen Schmerz.

Kalt legt ihm die Hand auf den Kopf.

In einem Traum würde der Hund auf einer Luftmatratze liegen, die auf einem Teich schwimmt, aber ein Leck hat.

Die Frau macht ein Gesicht, als würde sie schmollen. Die Männer überlegen laut. Sollen sie den Hund nach Hause tragen? Aber was soll das Tier in der Wohnung? Es wird sterben. Es braucht einen Arzt. Wir bringen ihn ins Tierspital, schlägt Jeremias Kalt vor. Moment. Er schaut sich um. Ich bin eben an einem Car-Sharing-Wagen vorbeigekommen, ich bin Mitglied, ich rufe an. Da kommt schon der Code.

Der schwere Mann setzt sich in Bewegung.

Emil Dolder wartet bei seinem Hund, scheut sich, ihn mit einem Finger anzustupsen, ahnt das Schlimmste, bleibt trotzdem ohne Empfindung und schämt sich.

Nach Jeremias Kalts Anweisungen heben sie das Tier ins Auto.

Da ist nichts mehr zu machen, entscheidet die Tierärztin, der Hund ist nicht zu retten. Das Rückgrat ist gebrochen. Sollte er trotz allem überleben, könnte man einen Rollstuhl für ihn bauen. Emil Dolder schüttelt den Kopf.

Der Hund liegt auf einem Untersuchungstisch aus poliertem Blech. Die Männer betrachten das Tier. Sie sehen nicht zu, wie die Ärztin die Spritze aufzieht. Sie meint, dass sie das gar nicht gern macht. Die Stimme ist rau, ihr Hals scheint ausgetrocknet zu sein. Sie schluckt. Dann setzt sie die Nadel an und verabreicht das Gift.

Der Hund fällt in dieselbe Art Reglosigkeit wie Bettina in jener Nacht.

Der Hund ist ein Kadaver. Er muss in die Kadaververbrennung. Amtliche Vorschrift. Der Ärztin fragt, ob die Asche zugestellt werden soll. Dabei schaut sie beide Männer an.

Ja, sagt Dolder, ich bitte Sie darum.

Die Männer fahren nach Hause.

Ich bin Jerry, sagt Jeremias Kalt auf der Rückfahrt.

Emil, sagt Dolder.

Ich hasse den Tod, erklärt Jerry. Gott, wenn es ihn überhaupt gibt, hat keine perfekte Welt erschaffen. Der Tod ist der Fehler der Welt.

Emil schweigt, er hat nichts hinzufügen.

Dein Hund hatte Glück, dass er kein Mensch war, fährt Jerry fort. Glück im Unglück. Als Mensch wäre er im Rollstuhl gelandet. Total abhängig. In so einem Zustand möchte ich auch die Spritze bekommen.

Kann ich nachvollziehen, sagt Emil nüchtern.

Ich möchte in so einem Fall mit einem alten Hund verwechselt werden.

Emil lacht auf. Wird aber nie der Fall sein. Du wirst auch nicht in eine Tierklinik eingeliefert.

Wenn einer meiner Wellensittiche vom Stängel fällt, überkommt mich jedes Mal das heulende Elend, gesteht Jerry.

Seine toten Vögel begräbt er im Wald. Immer am selben Ort. Unter einer Buche, in deren Rinde er das Datum ritzt.

Emil spürt Tränen aufsteigen und fragt sich, ob es, wenn er sie zulässt, Tränen der Erleichterung oder der Trauer wären. Er spürt, dass sie Bettina gelten würden, von der er sich nun endgültig getrennt weiß.

Er war der Hund meiner Frau, sagt Emil. Ich glaube, ich kippe die Asche über ihrem Grab aus.

Jerry lacht und entschuldigt sich.

Begleitest du mich, fragt Emil, selbst verwundert, dass ihm die Frage über die Lippen kommt.

So beginnt ihre Freundschaft.

Als sie mit der Asche des Hundes zum Friedhof fahren, zeigt Emil Jerry das Haus, in dem er mit seiner Frau und ihrem Hund lebte, bis ihr Herzstillstand alles veränderte.

Die Tochter wohnt jetzt hier.

Sie halten nicht an. Emil hat keinen Besuch angekündigt. Er fährt mit Jerry weiter zum Friedhof, um die Asche zu verstreuen.

Emil spürt ein Kribbeln in der Nase. Er kneift die Augen zusammen, schnieft ein bisschen. Beim Tod seiner Frau weinte er nicht, die ganzen Tage kein einziges Mal. Ihm fehlte die Energie. Er ließ sich von seinen Kindern umarmen, stand wie ausgestopft am Grab. Kein einziges Mal hat er bisher seine Frau beweint. Jetzt, beim Auskippen der Asche, verdrückt er ein paar bittere Tränen. Er wischt sie nicht ab.

Die Männer bemühen sich nicht um ein Gespräch. Jeder ist mit sich selbst beschäftigt, und auch wenn Emil das nicht vorbedacht hat, streut er Asche aus, gräbt sie mit den Händen unter. Jerry, die Hände auf dem Rücken gefaltet, steht neben ihm, den Kopf mit der Cap gesenkt, er ist stummer Zeuge der Zeremonie.

Man hört ein paar Vögel singen, im blauen Himmel kreist ein Milan. Ein freundlicher Tag. Emil schlägt ein Restaurant vor, ein paar Kilometer in Richtung Heimweg. Keiner ist hungrig, keiner ist gesprächig. Aber sie wollen noch eine Weile beieinanderbleiben.

Sie bestellen eine Flasche Wein und Mandelstangen.

Nach dem Einblick, den er in Emils Leben erhalten hat, beginnt Jerry, seinen Lebenslauf aufzudröseln. Damit die Stille nicht gerinnt. Aber auch, damit sie nach dem kurzen Abriss wieder quitt sind.

Als junger Mann bin ich nach Indien gefahren, im Schlepptau einer Frau, erzählt er, es war ein Fehler. Ein Autoverkäufer mag von den seelenkundlichen Lehren eines Gurus profitieren, einem Elektriker bringt es nichts.

Jerrys Herz gehört der Siedlung. Die richtige Frau ist ihm nie begegnet. Er liebt Rockmusik der Siebziger, Pink Floyd findet er unübertrefflich.

Sie trinken zu viel Wein.

Darum fahren sie mit der S-Bahn in die Stadt zurück. Auf Emils Balkon reden und trinken sie weiter. Emil arbeitete früher in der kommunalen Verwaltung. Mit siebzig fing er an, Tagebuch zu schreiben.

Am nächsten Morgen holen sie das Auto ab. Oder am übernächsten, sie sind sich nicht sicher. Es kommt ihnen vor, als hätten sie das Auto in der Vergangenheit geparkt.

Sie schließen einen Pakt. Wir legen die Vergangenheit ad acta, erzählen nie mehr von damals. Sie müssen nicht alles voneinander wissen. Sie wenden sich der Gegenwart zu, den kostbaren Tagen, die vor ihnen liegen.

*

Sieben Jahre später.

Im Hof spielt Jerry Schach gegen zwei Mädchen, die nicht viel größer sind als die Figuren. Er ist am Zug, geht zu seinem König, hebt ihn hoch, was alle überrascht. Doch statt die Figur um ein Feld vorzurücken, stürzt er vornüber.

Jeremias Kalt sitzt im Rollstuhl. Er weiß nicht warum, weiß nicht, was ihm zugestoßen ist.

Er kann nicht mehr sprechen. Sein Gehör aber hat er nicht eingebüßt. Hinter dicken Brillengläsern große Augen. Emil glaubt, darin schiere Verzweiflung zu erkennen. Jeden Tag kommt eine Fachperson vorbei. Ohne Pflege wäre Jerry verloren. Aber verloren ist er auch mit Pflege, er lebt nur noch wegen der Pflege und für die Pflege.

Emil versorgt die Wellensittiche.

Es ist Winter.

Seit Tagen tiefe Minusgrade.

Spät am Abend. Bevor Emil zu Bett geht, öffnet er die Balkontür, fünf Minuten Luftaustausch, soll gut sein. Für die Wohnung und für den Kopf. Er ist in Gedanken, der Weltempfänger steht auf dem Tisch.

Es ist still. Die mit Frost überzogenen Äste und Zweige der Platanen knistern. Es ist derart kalt, minus 12, und so klar, dass Emil sogar die Milchstraße sieht.

Das Sozialamt lässt die Obdachlosen in einem Bus einsammeln und zu einer Übernachtungsstelle fahren.

Emil hat die Radiodurchsage vor zwei Stunden gehört und erinnert sich nun daran, weil er auf dem Balkon von Jerry Geräusche hört. Dort hält sich jemand auf. Das kann nur Jerry sein. Die Tür zu öffnen, gelingt ihm noch.

Sie sprachen einmal, drei, vier Jahre zuvor, über die Möglichkeiten, aus dem Leben zu scheiden, wenn es für sie kein Leben mehr wäre, und sie versprachen einander Unterstützung.

Ich gehe im Winter in den Wald, hatte Jerry gesagt. Zu den verscharrten Wellensittichen. Erfrieren soll nicht schmerzhaft sein. Ein paar Stunden, und du hast es geschafft.

Emil weiß, was auf dem Balkon vor sich geht. Er spürt einen Schmerz in der Brust. Es ist, als schlösse sich ein Band aus Eisen um sein Herz.

Er müsste jetzt handeln.

Emil handelt nicht.

Was jetzt geschieht, wird sein Leben umstülpen. Und er wird mit niemandem darüber sprechen können. Schlagartig wird ihm klar, warum er Tagebuch schreibt – warum er angefangen hat, Tagebuch zu schreiben.

Es ist falsch, wenn er Jerry in die Wohnung zurückholt, es ist falsch, wenn er es unterlässt. Er wird sich beides nicht verzeihen können.

Jerry will nicht mehr leben.

Emil ist sein Freund.

Jerry wird erfrieren.
Emil rührt sich nicht.

ASCHE AUF DEM BETT

Der Flug LX1830 landet in Athen.

Die Räder setzen auf, holpern über die Piste. Der Bodenkontakt holt Noemi in die Wirklichkeit zurück. Sie verlässt das Flugzeug über die mobile Treppe.

38° Celsius. Zu heiß für Menschen, Tiere, Maschinen.

Noemi spürt ihr Herz, bei jeder Ankunft in Griechenland beginnt es heftig zu klopfen.

In diesem flimmernden Licht könnte sie das Lodern eines Feuers nicht erkennen. Sie riecht den Dunst von Kerosin. Der Flammpunkt des Treibstoffs und die Temperatur des Nachmittags sind gleich hoch.

Noemi findet sich im Flughafen blind zurecht. Ihre Füße haben den Weg gespeichert. Ohne Eile durchquert sie weiße Hallen mit dicken Rohren und blauen Fenstern. Sie erwägt, einen Kaffee zu holen und etwas zu essen, einen Salat in der Box, bleibt aber an keiner Verkaufsstelle stehen. Pass und Zoll. Sie wird nicht aufgehalten, geht weiter zu den Bussen, die ins Stadtzentrum fahren. Auf dem Weg kauft sie eine Tüte Studentenfutter. Neben dem Kiosk hängt ein Käfig mit einem Kanarienvogel. Sie könnte ihm eine Nuss anbieten. Das denkt sie bei jeder Ankunft. Der Kanarienvogel hat sich noch nie gerührt und noch nie einen Piepser von sich gegeben.

Noemi wartet auf den blau-gelben Bus ins Zentrum, wo sie in den türkisfarbenen nach Kalamata umsteigen wird. Die Busfahrt wird länger dauern als der Flug. Die Reise durch das Bergland ist ein unaufgeregter Film, der von verwinkelten Dörfern und arbeitenden Menschen handelt, in dem silbrig-grüne Bäume und zähes Gras eine Rolle spielen und, wie in einem Vexierbild verborgen, scheckige Ziegen.

Der Bus kommt nicht.

Noemi bemüht sich um Gleichmut. Das Dach des Terminals bietet kaum Schatten. Neben ihr steht ein Junge mit einem Plüschtier, einem Elefanten, so groß, wie er selbst. Ein Mann reicht dem Jungen die Wasserflasche, er hält sie mit beiden Händen und trinkt gierig.

Motoren im Leerlauf. Noemi nimmt die Vibration wie einen elektrischen Bass wahr, der auf den Körper hämmert. Die Luft zittert. Sie hat etwas ölig Schweres an sich. Das Atmen im Busbahnhof strengt an, als fehlte der Luft Sauerstoff. Es kratzt im Hals. Busse sind Heizkörper. Das Thermometer steigt in den Folterbereich. Noemi kommen die schmelzenden Uhren von Salvador Dalí in den Sinn, jetzt versteht sie das Bild.

Noemi wird in den nächsten Tagen vierzig und will diesen Geburtstag, den sie als Einschnitt empfindet, mit Freunden feiern.

Aus der Schweiz werden anreisen:

Nello und Anna
Rebecca und Luise
Finn
Pamela und Guido
Meret

Es flimmert vor ihren Augen, ein Druck wirkt hinter der Stirn, als wäre der Kopf ein zu praller Ball. Das wird sich bald geben. Sie schluckt zwei Aspirin mit zu wenig Wasser. Wie immer vergisst sie, ausreichend zu trinken.

Endlich kommt der Bus.

Der Junge steigt vor ihr ein. Er hält seinen Elefanten wie eine Tanzpartnerin im Arm. Noemi hat nur eine Tasche dabei, sie pendelt zwischen Zürich und Kalamata, besitzt alles Wichtige doppelt. In ihrer Vorfreude sieht sie sich bereits auf dem Balkon ihrer Wohnung. Kurz nach Sonnenuntergang, ein Bier in der Hand, Himmel und Meer sind noch gefärbt, doch das Licht schwindet, die hellste Fläche wird bald der Bildschirm ihres Laptops sein.

Das Steißbein ist vom langen Sitzen betäubt. Der Körper benötigt mehr Anpassung als der Kopf. Mit dem Kopf ist Noemi längst in Griechenland.

*

Als Noemi fünfzehn war, landete sie mit der Mutter in Athen. Genervt, weil Mama sie ständig zur Eile antrieb, eine anstrengende Frau, weil sich alles ihren Plänen unterzuordnen hatte. Beim Warten auf den Bus musterte Noemi die Mutter. Ihr dünnes Kleidchen war zu kurz, und wie konnte eine vierzigjährige Frau mit einer Baseballcap herumlaufen? Schon morgen würde Mama barfuß am Strand joggen, vierzig Minuten traben und danach behaupten, jetzt bin ich ein anderer Mensch.

Noemi war für Sport zu blasiert und gefiel sich als Rubik Cube-Nerd. Ständig drehte sie den Zauberwürfel in den Händen, nur fünf von hundert Spielern fanden die Lösung.

Da sie nach dem Urlaub eine Prüfung in Kunstgeschichte zu bestehen hatte, las und blätterte sie in einem Lehrbuch mit Abbildungen. Es war nicht langweilig. Es reizte sie herauszufinden, warum ein Maler die Farben ganz anders sah als sie selbst, warum er eine Gestalt deformierte oder darstellte, als wäre er ein künstlerisch tätiger Fotoapparat, warum er eine staubige eintönige Landschaft in Flecken auflöste, und –

Noemi, träumst du wieder?

Sie hasste diese scheltende Anrede.

Als Kind hatte sie Mama geliebt, mit fünfzehn mochte sie ihre Mutter nicht besonders. Sie beneidete den Vater. Er war mit dem Motorrad in den Alpen unterwegs und sammelte Pässe wie Bildchen für ein Album.

Die Mutter trabte jeden Morgen am Meer und spielte Volleyball. Ihre Haut glänzte goldbraun. Ihre Muskeln waren geschmeidig. Wenn die Kleidung verrutschte, kamen weiße Bikinistreifen zum Vorschein.

*

In Kalamata hilft Noemi dem Jungen mit dem Elefanten aus dem Bus und sieht das wartende Taxi. Die Fahrerin hupt. Noemi ist mit ihr befreundet. Der Junge winkt. Er geht Hand in Hand mit dem Mann, der nun den Elefanten trägt, er hat ihn sich unter den Arm geklemmt, der Rüssel baumelt. Der reglose Kanarienvogel in Athen könnte auch eine Nachbildung sein. Eine Attrappe aus Plastik, wie man sie Vögeln in Einzelhaft als Partner gibt. Er bleibt stumm, weil niemand auf die Taste drückt.

Der Mann schenkt Noemi ein Lächeln. Sie schaut ihm und dem Jungen hinterher, als entfernten sich die Darsteller einer Lebensform, die sich für sie nie ergab.

Delia hupt wieder.

Noemi läuft über die Straße zum Taxi.

Die Luft birgt ein Parfüm: Meer, Wald, Salz und tropfendes Harz. Darunter schwelt der Geruch von Ruß.

Die Frauen umarmen einander.

Delia fährt los.

Vor einigen Jahren nahm Delia Noemi mit, als sie die Eltern besuchte. Die Familie bewirtschaftet eine Olivenplantage. In einem modernen Hofladen bieten sie ihre Produkte an. Ziegen und Hühner laufen frei herum, und ein unbestechlicher Esel ist der Wachhund.

Delia fährt sicher, befindet sich in Gedanken aber woanders. Wie immer hat sie für Noemi im Hofladen eingekauft, dazu in der Stadt ein Pita-Brot, luftgetrocknete Würstchen und Früchte. Natürlich hat Delia Bier besorgt, der Kühlschrank ist voll.

Delia fragt, wie die Reise war.

Noemi denkt, dass Delia sich erkundigt, um freundlich zu sein. Sie antwortet nicht, sondern fragt: Und du? Ist alles in Ordnung bei dir?

Delia verhaspelt sich beim Sprechen: Gar nichts ist in Ordnung, auf der Plantage sind alle am Durchdrehen, rundherum werden Brände gemeldet.

Noemi schmiegt eine Hand um Delias Schultergelenk und drückt es. Delia berührt Noemis Hand mit der Wange und schnieft. Sie befiehlt sich Tapferkeit.

In der Wohnung schaltet Noemi gleich den Fernseher ein. Die Reisetasche lässt sie ungeöffnet neben der Tür stehen. Die Sprache, die Stimmen, und die Gesichter, die alle Menschen hier kennen und auch ihr bekannt sind.

Die Nachrichten sind schockierend.

Brennende Wälder.

Dörfer müssen evakuiert werden.

Noemi kann die Tränen nicht zurückhalten.

Sie hatte gedacht, gewappnet zu sein. und sich im Wissen um die schwierige Lage ins Flugzeug gesetzt.

Sie wäscht sich im Bad das Gesicht mit kaltem Wasser. Ohne vom Fernseher abzurücken, isst sie, was Delia für sie eingekauft hat, öffnet ein Bier.

Am nächsten Tag rafft sie sich auf und reserviert in einem Restaurant für ihre Einladung. Den Küchenchef bittet sie, ihre Gäste mit seinen Spezialitäten zu verwöhnen. Ohne Speisekarte. Trotz der bedrohlichen Lage will sie optimistisch bleiben, sich auf das Fest freuen.

Der Inhaber und Koch nimmt den Auftrag mit freundlicher Skepsis entgegen, verspricht, sein Bestes zu tun, behält seine Bedenken für sich.

Ihre einheimischen Freunde hat sie noch nicht eingeladen. Sie fürchtet, den richtigen Ton nicht zu treffen. Den Freunden ist am Ende gar nicht ums Feiern zumute.

Noemi fühlt sich in Kalamata wohl, sie weiß, wie die Stadt und das Land ticken, bei ihren Freunden geht sie fast als Ansässige durch. Sie ist hier keine Reisende, sondern angekommen. Etwas fremd bleibt man überall, auch in der eigenen Haut. Sie möchte unbedingt mehr Zeit in Kalamata verbringen. Ihr Herz rät: Mach es doch. Natürlich hört sie nicht nur auf ihr Herz.

Einmal, als Noemi ein altes Foto anschaute, fiel ihr eine Frau auf, die auf dem Markt Granatäpfel kaufte. So könnte sie vor hundert Jahren auch ausgesehen haben.

Die Fantasie, in einer fernen Zeit in Kalamata gelebt zu haben und sich vage zu erinnern, gefällt Noemi. Diese Eingebung erklärt ihre Verbundenheit mit der Stadt, die sich seit ihrem ersten Aufenthalt stark verändert hat. Auch das Meer und die Berge sind verändert. Und Noemi ist ebenfalls eine Andere geworden. Sie steigt auf den Kalathi, wandert, fotografiert, fährt mit dem Bike herum, läuft am Strand und spielt Volleyball. Der Rubik Cube ist nicht mehr das Herzstück ihres Lebens.

Noemi sieht sich in den verlassenen Strassen um. Am Taxistand trifft sie Delia, die ihr gleich von ihrer Familie berichtet. Die Plantage liegt vierzig Autominuten außerhalb der Stadt. Delia macht sich große Sorgen. Noemi hält sich zurück. Sie will Delias Kummer weder schüren noch kleinreden und hört zu.

Fast alle Einheimischen haben eine Familie, Freunde und Bekannte, die das Schlimmste befürchten. Die Regierung rät, die Fensterläden zu schliessen und das Haus nicht zu verlassen. Wirklich hilfreich ist das nicht. Die Betroffenen sind außer sich. Die Bürokratie macht sie wütend. Sie haben Angst vor einer Zwangsräumung. Die Furcht, ihr Hab und Gut zu verlieren, wirkt wie ein Senkblei, das sie herunterzieht.

Noemi geht über den Markt, die Touristen fehlen. Alles ist belastet, zähflüssig, trostlos. Nur die bunten Gemüse und Früchte leuchten, als wäre es wie immer.

Noemi läuft durch das Einkaufszentrum.

Vor einer beliebten Taverne bleibt sie stehen, die Tür weit offen, es stinkt nach kaltem Grill. Die Tische sind gedeckt, Gäste bleiben aus.

Am Abend besucht sie ihre Lieblingsbar. Dort sitzt hin und wieder auch Delia am Tresen. Jorgos, der Inhaber, ist ihr Cousin. Noemi kennt ihn seit Langem. Heute ist nichts los. Jorgos steht angespannt hinter dem Tresen, ganz im Bann des Fernsehers.

Mit fünfzehn saß Noemi zum ersten Mal an diesem Tresen aus Olivenholz, trank eine Cola mit Zitrone und Eis und spielte mit dem Rubik Cube. Ihre Mutter drehte einen Gin-Tonic in ihren Händen, den ein junger Barmann für sie zubereitet hatte. Er hieß Samir, war Anfang zwanzig und trug eine kupferne Armspange. Offensichtlich gefiel ihm die Frau mit der roten Cap, und er machte ihr ständig Komplimente. Die Mutter ließ sich das gern gefallen. Sie räkelte sich, als erwarte sie, gekrault zu werden. Sie lachte. Sie schloss beim Lachen die Augen und zeigte ihre makellosen Zähne. Noemi fand sie kokett, legte ihren Rubik Cube auf den Tresen und hoffte, Samir spreche sie darauf an.

Probier mal, würde sie dann sagen.

Jorgos ist noch keine fünfzig. Er führt die Bar allein, wohnt in der Wohnung darüber, das Haus gehört auch ihm. Jorgos gerät nicht schnell in Aufregung. Noemi wird nie so gefestigt sein. Sie weiß das. Nie wird für sie alles wie aus einem Guss sein.

Jorgos ist eine coole Socke, sagt Delia.

Noemi hat auch schon mit ihm Volleyball gespielt. Er kämpft nicht um jeden Ball. Ein verlorenes Spiel beschäftigt ihn nicht länger als zehn Minuten.

Jorgos trägt keinen Ehering.

Noemi fehlt zurzeit ein Liebhaber. Noch empfindet sie das nicht wirklich als Mangel. Der Gedanke, bei Jorgos anzuklopfen, kommt überraschend. Er ist verbindlich und verlässlich und könnte ihr Leben verbessern. Sie findet es verwunderlich, dass in all den Jahren zwischen ihnen nie etwas gelaufen ist.

Noemi und ihr Partner trennten sich im Frühjahr. Ihre Liebe hatte sich davongestohlen. Es war zermürbend und bitter.

Männer sind wie ein Virus mit einer Vorliebe fürs Herz. Frauenherzen befallen sie besonders gern.

Jorgos hat kräftige Hände, ein gutes Gesicht, weiche Lippen. Er besitzt etwas Begehrenswertes. Schwer zu benennen. Noemi sitzt gern bei ihm am Tresen, empfindet Nähe. Im Gespräch hat sie nie Angst, etwas Falsches zu sagen. Mit ihm kann sie lachen.

Noemi lässt es zu, sich vorzustellen, wie es wäre, am Morgen neben ihm zu erwachen.

Im Fenster zur Straße hängt ein Käfig mit einem Kanarienvogel. An manchen Tagen, wenn ihm die Lichtverhältnisse behagen, zwitschert er sogar. Noemi könnte Jorgos fragen, wie lange ein Kanarienvogel sein Solo-Leben aushält, der wievielte gelbe Vogel allein in dem Käfig sitzt?

Jorgos stellt für Noemi ein Glas Wein auf den Tresen. Sie wechseln ein paar Worte, sind beunruhigt, zu einem Gespräch kommt es nicht. Sie starren auf den Fernseher: Wildtiere flüchten aus den Wäldern. Ziegen und Schafe sind Fackeln auf dem Weidegebiet.

Benommen sitzt Noemi da, rührt den Wein nicht an. Jorgos, die Hände auf dem Rücken, schüttelt den Kopf.

Eine Feuerwalze nähert sich Olympia, Bäume stürzen ein, lautlos und in Zeitlupe, die mythische Stätte ist bedroht. Das verstörende Ereignis bildet für einen Flirt nicht den passenden Rahmen.

Sie schweigen, beide können sich nicht aus dem Magnetfeld ihrer Gedanken befreien.

Jorgos überlegt, ob er aufs Land fahren soll, nach Hause, um zu helfen. Noemi überlegt, ob sie ihre Party absagen soll.

Von Brandstiftung wird gesprochen.

Von Bodenspekulation. Es geht um Bauland.

Die Staatsanwaltschaft erhebt Anklage.

Die Reporter senden O-Ton. Ein Politiker nennt das Drama *den griechischen Sommerfluch*.

Die Bosse wissen von nichts. Mittelsmänner lassen Feuer legen, Helfershelfer kaufen Anzündwürfel für den Gartengrill und stecken damit die Wälder in Brand.

Es ist nicht ein großes Feuer, das alles beherrscht, es sind Hunderte kleiner Feuer, sagt Jorgos zu Noemi, ohne den Blick vom Fernseher abzuwenden, sie lodern wie ein einziges Riesenfeuer.

Eine Nachricht handelt von einer Touristin, die tot aufgefunden wurde, eine Schnorchlerin im Neoprenanzug. Ein Hubschrauber muss sie beim Wasserholen aus dem Meer geschöpft und über den Flammen abgeworfen haben.

Noemis Wohnung hat einen geräumigen Balkon. Blauweiße Markisen spenden Schatten. Der Balkon dient ihr als Büro. Sie hat freie Sicht aufs Meer und, wenn sie sich umdreht, auf den Berg, den Kalathi, den Hausberg der Stadt. Dort machen Zugvögel Zwischenhalt. Schaut Noemi aufs Meer, stärkt sie der Berg im Rücken. Geht der Blick zum Berg, spürt sie das Meer. Das nächtliche Meer ist ein Moloch, sagt sie, das Meer im Rücken macht mich nervös.

Auf dem Balkon, den Blick auf dem Bildschirm, liest sie neue Mails und Nachrichten von Freunden, die nach den Umständen fragen, neugierig und anteilnehmend: die Hitze, die Brände … Ob sie sich Sorgen mache? Ob man sich Sorgen machen müsse?

40° Hitze, Windstärke 8.
Das Feuer verbreitet sich in Sekundenschnelle.
200 Brandherde.
1200 vernichtete Gebäude.
50 verbrannte oder erstickte Menschen.

Am Nachmittag, auf dem Weg zum Strand, fällt ihr auf, dass die Gärten aufgeräumt sind. Nichts mehr liegt herum. Mit Wasser gefüllte Wannen und Eimer stehen bereit. Die Befürchtungen gelten einem möglichen Brandgeschehen, das außer Kontrolle gerät.

Das Fernsehen hält die Bevölkerung auf dem Laufenden, das Radio macht Durchsagen, Hotlines werden eingerichtet. Hubschrauber schütten Wasser auf die Brände. Von Flugzeugen versprühte Löschmittel regnen herab.

Noemi hat Anna und Nello zu ihrem Fest eingeladen. Sie haben eine Firma aufgebaut (*Text & Bild*) und begleiten Publikationen (*von der Idee bis zum Druck)*. Noemi konzipiert und schreibt, Nello akquiriert Kundschaft und behält die Zahlen im Auge, Anna ist die Gestalterin.

Nello und Anna haben zugesagt.

Auch zwei Freundinnen haben versprochen zu kommen. Rebecca und Luise stecken in den Verwicklungen, die Familie und Beruf mit sich bringen. Die Frauen kennen sich seit dem Kindergarten und wissen alles voneinander. Auch einen Ex, der ihr zufällig über den Weg lief, hat sie eingeladen. Immerhin war Finn ihre erste große Liebe. Sie hielt trotz seines Hangs zur Ironie fünf Jahre. Finn meinte generell etwas anderes als das, was er sagte. Noemi konnte ihn nur falsch verstehen. Für Finn war alles ein Witz. Noemi war erleichtert und gekränkt zugleich, als er seine Sachen packte und ging. Offenbar war die Liebe ein Organ, das immer wieder riss und genäht werden musste.

Ein bewährtes Paar wird anreisen. Pamela und Guido führen eine Drogerie. Noemi hat die Frau im Fitness-Studio kennengelernt. Sie joggen zusammen. Eine neue Freundin hat zugesagt, Meret, eine Therapeutin, mit der Noemi einmal im Monat Essen geht. Sie sprechen über Kunst und besuchen Ausstellungen.

Die unheimliche Farbe des Mondes. Er sieht aus, als sei er mit gelben Schleiern umwickelt worden. Noemi läuft ein Schauer über den Rücken. So stellt sie sich den Mond in einem Weltuntergangsfilm vor.

Wegen der Hitze, die sich in der Wohnung staut, schläft Noemi auf dem Balkon. Als sie nach der dritten Nacht aufwacht, bildet der Himmel eine gespenstische Kuppel, krankes Licht. Eine rote Sonne. Ein dunkles Meer. Leuchtender Rauch. Es stinkt nach Verbranntem. Asche liegt auf dem Bett. Auf Noemis Laken hat sich graue Asche angesammelt. Asche auch im Haar. Noemi bürstet es aus. Mit fast zornigen Strichen, die wehtun.

Sie möchte weinen, sie schreit. Und stutzt, als vernehme sie ein Echo. Es ist der Schrei eines Esels, der ausgebrochen ist und durch die Straße trabt.

Im Flur, neben der Garderobe, hängt ein Feuerlöscher. Sie muss sich schlau machen, wie er zu handhaben wäre, ob er noch intakt ist.

Ihr Ex ruft an, Finn ist in Athen gestrandet. Noemi bleibt wortkarg. Die Flüge nach Kalamata fallen aus, die Straße ist gesperrt, kein Bus fährt, kein Mietwagen kommt durch. Er will ausharren, Athen ist ja nicht gerade eine langweilige Nummer, ha. Finn erzählt, er fotografiere herumstrolchende Hunde, ihre langen Zungen. Nach dem mühsamen Gespräch hofft Noemi, dass Finn kapituliert und nicht auf die Idee kommt, sich nach Kalamata durchzuschlagen. Sie möchte nicht, dass er plötzlich vor ihrer Tür steht und Sprüche klopft. Sie will ihren Geburtstag nicht mit Finn verbringen, als wären sie ein Paar.

Nello und Anna sagen mit Bedauern ab.

Rebecca und Luise, mit Bahn und Fähre angereist, stecken in Athen fest und beschließen, nach Hause zu fliegen

Noemi schreibt: Ich muss das Fest absagen. Tut mir leid. Der Peleponnes brennt. Mit mir alles o.k.

Für Noemi wäre es das erste Mal, den Geburtstag allein zu verbringen. Sie ist sich nicht sicher, ob ihr das gelingt, ob sie ohne Freunde feiern möchte. Ohne Kreis ist es schwierig, sich als Mittelpunkt zu fühlen. Ohne ihren inneren Kreis stünde die Vierzig im Zentrum, nicht gerade ihre Lieblingszahl.

Noemi ist eine zurückhaltende Frau, die das Scheinwerferlicht scheut. Wenn sie ihren Geburtstag alleine feierte, könnte sie die Jogginghose anziehen oder ein leichtes Kleid und müsste keinem gefallen.

Mach dir einen schönen Tag.

Wunschdenken. Die Berichterstattung überschattet den Tag. Noemi kann nicht anders, sie kann sich dem Unheil nicht entziehen.

Das Radio läuft.

Der Fernseher ist eingeschaltet.

Das iPhone liegt in Griffnähe.

Noemi steht auf dem Balkon, wohin sie schaut, sie will nicht glauben, was sie sieht. Das ist nicht die Wirklichkeit, das ist Kino – und hat mit ihrem vierzigsten Geburtstag nicht das Geringste zu schaffen. Die bengalische Beleuchtung, um dem unheimlichen Licht einen Namen zu geben, ist nicht für sie eingeschaltet worden. Noemi könnte zwanzig sein, zehn könnte sie sein, sechzig könnte sie sein, eine alte Frau, tot könnte sie sein – das Licht würde sich nicht ändern. Das herrschende Licht ist der Schein aus einer anderen Welt. Es besitzt nichts Vertrautes und ist von ausgefallener Schönheit. Die Empfindung bestürzt sie. Noemi entschließt sich, zum Strand zu gehen, als würde der Ort zu einer dringlichen Läuterung beitragen.

Am Strand sind die Liegestühle wie jeden Tag in Reihen aufgestellt. Ein paar Touristen stehen verloren herum. Ihre Gesichter sind gerötet. Wie sollen sie mit dem Desaster umgehen? Was ihnen widerfährt, ist das Gegenteil eines entspannten Urlaubs am Meer. Sie tauschen sich aus, stochern im Sand, stemmen die Hände in die Seiten. Statt aufs Meer hinauszuschauen und sich zu freuen, werden sie von einer Nachrichtenflut überrollt, die sie nicht einschätzen können. Was bedeutet der beklemmende Feuerschein? So weit entfernt ist das doch nicht? Der Küstenstreifen mit den züngelnden Feuern. Niemand möchte mit einem Bier in der Hand einem Drama zugucken. Kein zivilisierter Mensch liebt es, umhüllt von beißendem Feinstaub und mit Rauschwaden am Horizont, ein Eis zu essen.

Strandhunde trotten vorbei. Sie hecheln mit heraushängender Zunge. Ihre Wasserstelle ist ausgetrocknet. Wenn sie sich in die Stadt vorwagen, werden sie mit Steinen und Stöcken vertrieben.

Ein leeres Feld. Niemand spielt Volleyball. Das Netz hängt lose an den Pfosten. Auch Noemi möchte nicht im Sand herumrennen und nach dem Ball springen, um ihn über das Netz zu schlagen, während das Land brennt.

Sie setzt sich auf das Spielfeld, betrachtet den Sand, als könnte sie die Zukunft darin lesen. Dabei kommt ihr Samir in den Sinn, der Barmann mit der kupfernen Armspange. Er bandelte mit ihrer Mutter an. Und Noemi war unglücklich in ihn verliebt.

Samir war heute älter als die Mutter damals.

Wie geschickt sie Volleyball spielte. Samir schrie auf und applaudierte begeistert. Ein schlechter Schauspieler. Noemi verachtete ihn. Wie er sich aufplusterte und die Tochter übersah.

Die Mutter hatte helles Haar und helle Augen.

Noemi malte sich aus, ihrer Mutter den hübschen Samir auszuspannen. Dafür müsste sie Dinge tun, die sie noch nie getan hatte. Es wäre nicht wie im Kino, wo sie die Augen schloss, um bestimmte Szenen nicht sehen zu müssen. Sie beobachtete ihre Mutter. Sie hatte keinen Knutschfleck und ließ sich ihre Verliebtheit nicht anmerken. Noemi bezweifelte plötzlich, dass die Mutter eine Affäre hatte.

Nach einem zähen Spiel, Samir und ihre Mutter kämpften im selben Team, entdeckte Noemi die kupferne Armspange im Sand, Samir war schon weg.

Noemi steckte die Armspange ein.

*

Noemi steht auf, schüttelt Sand aus den Kleidern, bückt sich unter dem Netz durch und kehrt in die Stadt zurück.

Auf dem Heimweg kommt sie an Jorgos Bar vorbei. Sie ist geschlossen. An der Tür hängt ein Schild: *Bin in zwei Tagen wieder für Sie da.* Durchs Fenster beobachtet Noemi den Kanarienvogel. Aufgeplustert sitzt er in seinem Käfig, eine gelbe Silhouette. Sie pocht gegen die Scheibe. Der Vogel reagiert nicht. Sie setzt ihren Weg fort und beschließt, einen Wein zu kaufen. Den Besten. Sie will ihn auf dem Balkon trinken. Aus einem Kristallglas. Dazu möchte sie Mandelkekse mit Orangenraspel verdrücken, endlos viele Kekse, und im Geist ihr Leben durchlaufen, als wäre es als Daumenkino aufgezeichnet worden.

Die Entscheidung, ihren Vierzigsten allein auf dem Balkon zu verbringen, ist eine Rettungstat. Sie wundert sich selbst darüber. Der berühmte Baron Münchhausen kommt ihr vor Augen, der sich am eigenen Zopf aus dem Sumpf zog. Samt seinem Pferd. Noemi wird den Himmel ignorieren, seine falschen Farben, und, wenn es sein muss, eine Sonnenbrille tragen. Sie will sich den Geburtstag selbst versüßen, den Wein genießen, die Kekse vernaschen.

Jorgos geistert ihr durch den Kopf.

Ein Auto hupt, drosselt die Fahrt und hält an. Es ist Delias Taxi. Delia öffnet das Fenster und ruft: Ich fahre zu meiner Familie. Sie klingt schrill. Sie brauchen mich jetzt, das Feuer –

Noemi öffnet die Tür, steigt ein: Ich komme mit.

Die Frauen fahren schweigend der Feuerlinie entgegen.

Die Regierung ruft den Notstand aus, kündigt eine dreitägige Staatstrauer an. Aber in der exponierten Olivenplantage, in der aktuellen Gefahrenzone, in die sich Delia und Noemi vorwagen, ist Trauer kein Thema. Die Losung heißt Widerstand. Es geht um Abwehr, um die Verteidigung der Existenz, es geht ums Überleben. Eine Hundertschaft freiwilliger Helfer ist bereit, die Obstplantage und die dazugehörigen Bauten zu schützen.

Ihnen fehlt schweres Gerät.

In der Notlage bilden sie eine Menschenkette und rücken gestaffelt gegen das Feuer vor.

Noemi arbeitet ohne Angst, noch nie hat sie eine derartige Kampfbereitschaft gespürt, niemals eine stärkere Zugehörigkeit. Später wird sie über ihre Unerschrockenheit staunen, jetzt merkt sie gar nicht, wie mutig und beherzt sie als Kriegerin handelt.

Eine Schneise wird angelegt. Nichts Brennbares darf sich darin befinden. Der breite Streifen soll gewässert werden. Das Land, das lichterloh brennt, und das Land, das bisher unbehelligt geblieben ist, bilden zwei Kontinente, die getrennt bleiben müssen.

Noemi arbeitet mit einem Reisigbesen.

Blasen bilden sich auf den Handflächen.

Überall entstehen Feuer. Diese zahllosen, verfluchten kleinen Feuer gilt es zu ersticken. Ein Lauffeuer ist eine Zündschnur. Eine Stichflamme wäre das Ende. Mit ihrem nassen Besen schlägt Noemi auf jede Glut ein, die sie ortet.

Die Hitze greift die Haut an, das Gesicht. Noemi arbeitet besessen, sie setzt Kräfte frei, die ihr bisher verborgen waren. Sie ist eine Maschine.

Unter den Helfern entdeckt sie Jorgos.

Eine Frau schlägt ein Gegenfeuer vor, behauptet zu wissen, wie es anzulegen ist. Das Gegenfeuer muss gegen die Windrichtung laufen, es muss ein definiertes Feld kontrolliert abbrennen und dem Hauptfeuer alles Brennmaterial entziehen.

Das Wohnhaus ist in Gefahr. Weder die Feuerwehr noch die Armee noch ausländische Organisationen leisten Hilfe. Der Wind befördert die Funken. Jemand muss aufs Dach steigen und auf dem Dach bleiben. Sobald das Dach Feuer fängt, ist das Haus verloren. Es fehlt Löschwasser, es fehlen chemische Löschmittel.

Eine Wache rund um die Uhr ist notwendig. Eine Liste wird geschrieben.

Noemi übernimmt die Schicht von zwanzig Uhr bis Mitternacht. Sie erhält eine Signalhupe, einen Feuerlöscher und einen neuen Besen. Sie darf auf dem steilen Dach nicht ausrutschen, nicht in Panik geraten.

Noemi konzentriert sich auf ihre Aufgabe. Auf jedem der umliegenden Dächer sitzt ein Helfer oder eine Helferin mit demselben Auftrag. Ihr Einsatz verbindet sie, die Aufgabe, das verdammte Feuer fernzuhalten, das Unheil abzuwehren, das Haus zu retten.

Noemi nimmt nicht wahr, dass sie all ihren Mut benötigt, dass ihr Mut eine Voraussetzung ist. Sie geht in ihrer Tätigkeit auf. Was sie macht, ist das Dringende. Die letzten Stunden ihres vierzigsten Geburtstags verbringt sie auf dem Dach eines Hauses in einer Olivenplantage.

Als sie am Ende ihrer Schicht vom Dach klettert, steht Jorgos unten an der Leiter. Noemi ist überhitzt, ihr Herz rast. Jorgos reicht ihr eine Wasserflasche und ein Pitabrot mit Gyros. Sie wundert sich nicht, dass er auf sie gewartet hat und sich ihrer annimmt. Noemi spürt im Augenblick kein Hungergefühl, hat auch keinen Durst, trinkt aber große Schlucke Wasser. Dann setzt sie sich auf den Boden, hockt da und verschlingt das griechische Sandwich.

Sie bleiben an die Hausmauer gelehnt sitzen. Der Wind hat nachgelassen. Ihre Schultern berühren sich. Die Berührung ist selbstverständlich, es steckt keine Absicht dahinter. Die Schultern sind gleich heiß und gleich verschwitzt.

Bis anhin glaubte sie, stets zu wissen, was die Zukunft für sie bereithält. Jetzt weiß sie nicht, was die nächsten Stunden bringen.

*

Nach einem Monat in Kalamata reist Noemi nach Athen. Mit dem Airbus wird sie nach Zürich fliegen.

Der Bus, noch immer türkisfarben, als wäre nichts passiert, fährt durch trostloses Bergland mit einer verkohlten Flora. Eine trostlose Mondlandschaft. Im Bus spricht niemand. Alle schauen aus den Fenstern und fotografieren die hässlichen Kraterfelder ohne Tiere.

Der Bus macht seine Halte.

Passagiere steigen aus, Passagiere steigen ein. Keine Stimmen, kein Lachen, keine Musik. Der alte Lebensfilm ist gerissen. Unvermittelt fällt Noemi der kleine Junge ein. Vielleicht fährt er mit. Noemi geht die Mitreisenden fast hektisch durch. Ist der Junge mit dem Elefanten an Bord? Er könnte im Bus sitzen. Ohne seinen Elefanten, er hat ihn zurücklassen müssen, der Elefant liegt versengt in einem Aschefeld.

Jorgos hat Noemi zum Bus begleitet. Sie umarmt ihn beim Abschied. Noemi ist entschlossen, nach Kalamata umzuziehen. Die Argumente dafür stehen nach dem Geburtstag auf dem Dach deutlich im Plus.

Müsste Noemi ihre Gefühlslage in einem Wort zusammenfassen, hieße dieses Wort Zuversicht.

GLÜCKLICHE AKUSTIKER

Sie kennen das Bedürfnis nicht, sich abzugrenzen, sich zu unterscheiden: Carl und Paul wurden in derselben Viertelstunde geboren. Im Scherz sagen sie: ... und in derselben Sekunde gezeugt.

Lange gefiel es auch ihrer Mutter, dass die kleinen Jungen augenscheinlich gleich waren. Sie förderte es mit der Kleidung, es machte ihr Spaß, wenn die beiden verwechselt wurden. Sogar der Vater vermied, sie beim Namen zu rufen und befahl lieber, he du, komm mal her.

In der Pubertät durchliefen sie eine Phase, in der sie Kleinigkeiten, die nur sie selbst wahrnahmen, korrigieren lassen wollten. Verwechselbarkeit war ihr Ziel. Ein Arzt, den sie aufsuchten, lachte sie aus. Mit den Eltern sprachen sie nicht darüber. Sie hätten kein Verständnis dafür, machten sich ohnehin Sorgen. Der Schulleiter hatte sie zu einem Gespräch kommen lassen. Die Schulpsychologin vertrat die Auffassung, Carl und Paul sollten endlich begreifen, dass sie zwei Personen seien.

Das wissen sie mit Sicherheit, insistierte der Vater.

Die Psychologin legte einen Finger auf die Lippen.

Der Schulleiter sagte: Ihr Verhalten verärgert die Lehrerschaft. Genau gesagt: ihr Selbstverständnis.

Die Klassenlehrerin unterstellte, dass die Zwillinge einander nach eigenem Gutdünken vertraten. Du weißt nie, welcher Junge vor dir steht, mit welchem du es zu tun hast. Und sie genießen die Situation.

Ich kann sie bestens unterscheiden, sagte die Mutter und lächelte, ich habe sie geboren.

Der Schulleiter wechselte Blicke mit der Psychologin.

Die Mutter fand die beiden humorlos.

Der Vater, ein Architekt mit Hang zur Ungeduld, schwieg. Warum sollte er ansprechen, dass er die Zwillinge manchmal auch verwechselte. Die Jungs nahmen es ihm nicht übel, und er machte sich weiter keine Gedanken.

Was im Kopf des Schulleiters vorging, der zu viel redete, und im Kopf der Psychologin, deren Besorgnis er nicht teilte, blieb ihm schleierhaft. Ihr flaches Gesicht erinnerte ihn an einen Hund.

Was ist denn so schlimm, fragte er.

Die Psychologin hielt einen Monolog.

Ein Boxer, ja, dachte der Vater, man nennt die Hunde mit diesem zerknautschten Gesicht Boxer.

Für Carl und Paul ist das kein Thema, sagte er bestimmt, Carl hält sich nicht einmal im Traum für Paul, und umgekehrt. In ihren Köpfen herrscht Klarheit, grinste der Vater, jeder weiß, wer er ist, zweifelsfrei.

Ihr könnt mich nicht täuschen, behauptete die Mutter und schöpfte Carl und Paul rote Spaghetti mit Hackfleisch auf den Teller, ihre Lieblingsspeise. Ich kann euch jederzeit unterscheiden.

Sie glaubte es nicht immer.

Carl und Paul hatten kleine Muttermale, aber welcher wo? Die Mutter hatte die Jungs schon lange nicht mehr nackt gesehen.

Carl, rief sie, und beide hoben den Kopf.

Hatten sie das einstudiert?

Einer sagte: Ist doch logisch, dass du uns unterscheiden kannst. Der andere: Habe kein Problem damit.

Sie gab es auf. War es nicht egal? War es nicht offensichtlich, dass die Zwillinge glücklich waren in ihrer Verbundenheit? Keiner der beiden erachtete es als Bedrohung, dass der Bruder sein Spiegelbild war. Die beiden funktionierten gleich. Sie handelten und fühlten, als teilten sie ein inneres Meer.

Die Mutter gab ihnen einen Eisbecher als Nachtisch, einmal Pistazie, einmal Walnuss. Carl und Paul löffelten den zugeteilten Becher aus. Sie waren zufrieden mit dem Eis, das die Mutter vor sie hingestellt hatte.

Schmeckt super, sagten beide.

Während die Zwillinge das Geschirr in die Spülmaschine räumten und die Küche in Ordnung brachten, erledigte die Mutter Bürokram. Dann trank sie am Fenster ein Glas Wein und rief sich die Muttermale ihres Mannes ins Gedächtnis. Sie nahm sich vor, das Ergebnis in der kommenden Nacht zu überprüfen. Sie konnte sie mit den Fingerkuppen ertasten. Sie wusste natürlich, dass Male und Flecken sich veränderten. Manche verschwanden plötzlich, als suchten sie einen neuen Platz. Bei ihr selbst im Gesicht, seit einigen Wochen auf der Oberlippe.

Nach einigen Gesprächen, bei denen die Zwillinge sich weder einsichtig zeigten noch kooperierten, schlug die Psychologin dem Schulleiter vor, sie zu trennen.

Unsere Maßnahmen, stand im Brief der Schulleitung, *fördern die individuelle Persönlichkeitsentfaltung.* Aus diesem Grund sollen sie nicht mehr dieselbe Klasse besuchen.

Sie sollten verschiedene Bücher lesen. Sie lasen aber gern dieselben. Einer sollte Gitarre lernen, der andere Schlagzeug. Beide wollten aber gar kein Instrument lernen, sie waren an Musik nur indirekt interessiert, besaßen eine Vorliebe für Geräusche, für Töne und Stimmen. In der Abenddämmerung im Wald, morgens um fünf Uhr in der erwachenden Stadt, oft auch im Zoo warteten die Zwillinge mit ihren Aufnahmegeräten. Gleichaltrige klebten Fotos von Sportlern in Alben, Carl und Paul sammelten Geräusche und legten ein Archiv an.

*

Die Zwillinge waren beliebt in der Klasse, gute Schüler. Es gab nichts zu beanstanden, ausgenommen, dass sie nicht unauffällig waren, sondern in der Verdoppelung unübersehbar.

Mit fünfzehn waren sie ausgewachsen. Lange Lulatsche in ausgeleierten Turnschuhen, wie ein alter Lehrer, der sie mochte, sich ausdrückte.

Es fehlte ein Rahmen für sie, und die Brüder konnten andere, sogar Erwachsene, durch ihren Blick zum Wegsehen zwingen.

Die Zwillinge weigerten sich, verschiedene Klassen zu besuchen. Sie blieben aus Protest zu Hause. Die Eltern unterstützten sie. Gegen diese verschworene Gemeinschaft kam die Schule nicht an, und der Leiter ließ die Angelegenheit auf sich beruhen.

Ein Herz und eine Seele: *Ok* mit der besten Freundin und dem besten Freund, erwünscht bei Verliebten, aber ein *No-Go* mit dem Zwillingsbruder, mit dem man sich blind versteht und nie langweilt. Wenn sie nebeneinander auf der Treppe zum Garten saßen und auf den Igel warteten, weil sie eine Tonaufnahme machen wollten, wie er Milch aus einem Teller leckte, bildeten sie eine vollkommene Einheit.

*

Carl und Paul pflegten ihren Status. Ob sie zu zweit oder allein über den Schulhof schlurften oder im

Schwimmbad aus dem Bassin stiegen, alle wussten, sie waren etwas Besonderes. Ob sie Carl oder Paul genannt wurden, war ihnen gleichgültig. Nie korrigierten sie eine falsche Anrede. Wer sie ansprach, wurde im Glauben belassen, sie unterscheiden zu können, den richtigen Namen benutzt zu haben.

Als Lydia, das meistbewunderte Mädchen der Schule, sich in beide verliebte, gerieten sie zum ersten Mal in Verlegenheit. Lydia erzählte, es gefalle ihr, mit einem von ihnen zusammen zu sein. Ob Paul zum Date erscheine oder Carl, sie prüfe das nicht. Sie gehe auch gern zu dritt ins Kino und danach in die Eisdiele. Zwei gute Typen flankierten sie, einer rechts und einer links.

Einer oben, einer unten tuschelte eine Freundin, der die Gelegenheit und der Mut fehlte, es selbst auszuprobieren. Die Neiderin konnte mit Grinsen nicht aufhören. Und es war ja ein gewöhnungsbedürftiger Anblick, die drei zusammen zu sehen, zwei gleichaussehende junge Männer mit zerzaustem rotem Haar, zwischen ihnen eine zierliche blonde Frau. Der Anblick befeuerte die Fantasien.

Nach dem Gymnasium werden Carl und Paul Physik studieren. Mit dem Schwerpunkt Akustik.

*

Iris erinnerte sich an den weit zurückliegenden Tag, an dem sie einen der Zwillinge im Lichthof der Universität kennengelernt hatte. Ein Bitter Lemon in der Hand hatte sie einen Platz gesucht und ein Tischchen mit einem freien Stuhl entdeckt. Ein Student mit rotem Haar saß vor dem Laptop. Sie sagte Hallo. Er blickte kurz auf und sah durch sie hindurch. Braungrüne Augen. Er trug ein schwarzes T-Shirt, hatte schöne Arme. Unter dem Tisch sah sie seine Schuhe, bestimmt Größe 46. Sie verglich sie mit ihren, sie könnte ihre Schuhe in seine hineinstecken.

Der Lärm und die Unruhe schienen ihn nicht zu behelligen, in seiner Welt existierte kein Lichthof. Er schob seine Sachen nicht beiseite, als Iris sich setzte. Weil er in Gedanken abwesend war, glaubte er wohl, keinen Raum einzunehmen.

Der großgewachsene Typ gefiel Iris. Sie musterte ihn. In seiner Versunkenheit war er ein geeignetes Objekt. Sie stufte ihn als Kandidaten ein, speicherte ihn ab. Gewiss lief man sich ein nächstes Mal über den Weg.

Iris hatte zwei Semester in Bologna studiert und sah sich als angehende Übersetzerin. Zurzeit besuchte sie ein Seminar, in dem verschiedene Übersetzungen des italienischen Romans *Il Gattopardo* verglichen wurden. Sie würde die Nase rümpfen, wenn ihr jemand voraussagte, in zwanzig Jahren werde sie Untertitel für Filme schreiben, verheiratet sein mit dem noch namenlosen Studenten, der ihr gegenübersaß, und Mutter von zwei Kindern.

Iris wollte gerade aufstehen, als der Mann den Laptop zuklappte und sie anschaute, als habe er die Aufmerksamkeit vom Bildschirm abgezogen, um sie über sie zu stülpen. Iris fühlte sich durchschaut. Sie errötete unter seinem Blick kaum merklich, aber sie mochte die in die Wangen einschießende Wärme gar nicht.

Zähl langsam rückwärts, sie begann ...

Bei null entspannte sich Iris. Als würde eine Tür geöffnet, fanden sie ins Gespräch. Ihre Stimme fiel ihm auf, am liebsten hätte er sie aufgenommen. Bologna kannte er ebenfalls, wegen einem Open Air war er hingefahren.

Manu Chao.

Dann waren wir im selben Konzert, sagte sie, intonierte *Clandestino* und klatschte in die Hände.

Nach der Episode im Lichthof geht ihr der Mann nicht mehr aus dem Sinn; was er bei ihr auslöst, kommt dem, was sie ein Seelenbeben nennt, unglaublich nah. Im Lichthof wirkte er ein wenig ungelenk: Seine Hebel sind für den Laptop und das Handy zu lang, seine Hände für Tastaturen zu groß. Aber sie sind bestimmt nicht zu groß, wenn er sie über die Brüste einer Frau legt. Über ihre. Iris denkt sexuell an ihn, es ist für sie normal, sie denkt oft sexuell an Männer, ohne mit ihnen Sex zu haben.

Eine Woche später trifft sie ihn in der Bibliothek wieder und weiß: Du bist verliebt.

Mit einem Kribbeln im Bauch spricht sie ihn an. Der Mann ist irritiert. Das verunsichert sie. Ist er arrogant? Oder nur wieder vertieft in Gedanken? Benötigt der Typ tatsächlich mehr als eine Sekunde, um sich an sie zu erinnern? Während ihr die Farbe seiner Augen bereits vertraut ist, während sie überlegt, ihn mit dem Zeigefinger anzutippen, auf die Brust, sein T-Shirt ist heute blau.

Bologna, half sie ihm auf die Spur und summte den Song von Manu Chao. Er lenkt ein, genau, *Clandestino*, es war ein tolles Konzert.

Erneut kommen sie ins Gespräch. Es scheint keine Schwelle zu geben. Er hat gerade Zähne, Lippen zum Küssen. Angeregt verlassen sie die Bibliothek und besuchen ein in der Nähe gelegenes Café – wo der vielversprechende Mann, mit dem sie das Lokal betritt, bereits an einem der runden Tische sitzt, den Laptop aufgeklappt, und ihr Kommen nicht zu bemerken scheint.

Eine Überrumpelung.

Seine Anwesenheit lässt Iris wieder erröten. Zumal der schlaksige Rotschopf am Laptop sie sogleich erkennt und strahlt, ja, das ist der treffende Ausdruck.

Iris führt sich die verblüffende Situation immer wieder vor Augen. Der Mann nimmt sie wahr. Sein Gesicht leuchtet. Seine Augen haben die braungrüne Farbe von jungen Haselnüssen.

*

Iris ist mit Geschwistern aufgewachsen, mit einer großen Schwester und einem kleinen Bruder. Sie hat sich nie überlegt, wie es sich anfühlen würde, ein Zwilling zu sein, eine Zwillingsschwester zu haben.

Es stört sie nicht, wenn jemand feststellt, sie sähe einem ihrer Geschwister ähnlich. Meistens folgt der Hinweis auf etwas Äußerliches, die Nase, der Haaransatz, die kleine Lücke zwischen den Schneidezähnen. Du gehst wie Mama, du grübelst wie Papa. Iris nahm das still zur Kenntnis, es veränderte ihr Selbstbild nicht, sie überprüfte es nicht im Spiegel.

Im Augenblick empfand sie die Tatsache, dass der Mann den sie begehrte, kein Unikat sein wollte, als unangenehm. Sie hatte den Mann, der ihr gefiel (fünf Sterne), für den sie etwas Unerhörtes fühlte, sie hatte diesen Mann zwei Mal getroffen, ohne dahinterzukommen, dass es zwei waren, dass sie sich in zwei Männer verliebt hatte – in identische Personen. Obwohl es das gar nicht gab. Den Irrtum bemerkte sie, als der smarte Typ, mit dem sie das Café betreten hatte, nicht von dem Typ zu unterscheiden war, der bereits im Café saß und sie anstrahlte.

Ihre Gefühle dockten nicht bei einem der Männer an und schieden den anderen aus, ihre Gefühle halbierten sich nicht, sondern sie verdoppelten sich. Als wären sie Pralinen, zwei Schachteln *Truffes Grand Cru,* die genau gleich schmeckten, köstlich.

Iris hätte eine Münze werfen und den Gewinner abschleppen können. Doch sie setzte sich mit den Zwillingen an den Tresen und unterhielt sich blendend. Zu dritt. Bis sie die letzten Gäste waren und das Café geschlossen wurde.

Sie ging nicht mit einem der Männer weg. Carl und Paul gingen zusammen nach Hause und Iris allein.

Iris vertraute sich der älteren Schwester an. Ein Dilemma. In diesem Punkt waren sich die Frauen einig. Nicht über die Fortsetzung.

Enorme Folgekosten, sagte die Schwester todernst und gab Iris den Rat, beide sausen zu lassen.

Natürlich wäre der Schnitt eine Lösung. Noch könnte Iris eine absehbare Lebenskomplikation vermeiden. Doch sie müsste ihr Herz durchtrennen.

Iris flatterte zwischen zwei Männern, die nicht Rivalen waren, nicht gegensätzlich. Zeigte sie Fotos oder ein Video, waren es Aufnahmen mit Carl, die Paul gemacht hatte. Oder andersrum. Auf einigen stand Iris zwischen den Brüdern. Was sie an Lydia erinnerte, die Jugendliebe der Zwillinge, die nun mit einem Marokkaner liiert war. Sie verkauften Lederwaren aus seinem Dorf, sie zogen von Markt zu Markt.

Ohne genau sagen zu könnten, was sie sich erhoffte, wollte Iris Lydia kennenlernen und kaufte an ihrem Stand eine marokkanische Tasche. Nach dem Handel, als Iris die Zwillinge ins Spiel brachte, erzählte Lydia von zwei Asiatinnen, die sich selbst *die identischsten*

Zwillinge der Welt nannten. *Wir können nicht ohne einander leben, wir können nicht getrennt sein – wenn möglich, würden wir gerne zusammen schwanger sein.*

Die Unzertrennlichen teilten sich einen Mann, einen australischen Rugbyspieler. Der fand das nichts Besonderes und liebte und behandelte sie gleich.

Doch das wäre Iris zu anstrengend.

Zu viel Sex, sagte sie zu Lydia. Dabei blieb ihr das Lachen im Hals stecken.

Die Geschichte machte Iris ratlos, die Vorstellung, mit Carl und Paul unter einem Dach zu leben, mit Kindern, die zwei Väter hatten (ein Gen-Test würde das Rätsel auch nicht lösen). Dieser Weg kam ihr absurd vor, keine Lebensform, die sie bisher erwogen hatte. Sie war in dieser Hinsicht konventionell, eine noch junge Frau, die gewiss einmal eine Familie gründen wollte: Frau und Mann und Kind. Sie scheute vor Experimenten zurück, fürchtete das Misslingen. Sie wäre zu schwach, ahnte sie, um den täglichen Missbilligungen, den scheelen Blicken standzuhalten. Sie hörte die Leute hinter ihrem Rücken tuscheln. Sie wollte sich nicht für ihren Lebensstil rechtfertigen müssen.

Carl oder Paul?

Es war kein Hin und Her zwischen Kopf und Herz. Kein Pendel. Das Herz war zweimal eingeschlossen, und Iris dachte, die vernünftigste Entscheidung wäre, ganz im Sinn ihrer Schwester, sich von beiden Männern zu befreien, ein doppeltes Nein. Gegen ihr Herz. Carl und Paul waren in ihrem Kopf und in ihren Armen zu einem Mann verschmolzen. Iris sollte sie sofort vergessen. Leider gab es dafür keinen Kippschalter.

War ein Mann, den sie nur angezogen von seinem Bruder unterscheiden konnte, ihre große Liebe? Sie hatte mit beiden Männern geschlafen. Trotzdem. Stünden beide nackt vor ihr, würde sie sich wahrscheinlich verwählen, was niemand verstand, mit dem sie darüber zu sprechen versuchte. Sobald es sich um Körperliches handelte, glaubten alle, unfehlbar zu sein.

Du liebst zwei Männer, und zwei Männer lieben dich.

Doch niemand wollte eine Dreiecksgeschichte.

Die Beziehung fühlte sich wie eine vertrackte Art von Monogamie an. Carl und Paul waren ihr Mann Carl Paul: intelligent und empfindungsstark, gelassen, nicht aus der Ruhe zu bringen, nie voreilig, zwei auditive Typen, die begabtesten Zuhörer der Welt.

*

Mit einer Kehrtwendung befreite sich Iris von Carl und Paul und zog in eine andere Stadt. Dort kam sie mit Männern zusammen, die keinen Doppelgänger hatten. Das übliche Muster. Doch keine Liebe glückte, ihre Lieben scheiterten, als wäre es ihr Schicksal.

*

Iris hatte sich stets leicht verliebt, ständig war sie in irgendwen verliebt gewesen.

Sie war klug, praktisch, gebildet und hinreißend. Dunkelbraunes Haar, dunkelbraune Augen. Ihre Sprechstimme war einmalig, beim Rundfunk hätte sie Karriere gemacht. Es war ihr bewusst. Ihre Stimme war verführerisch.

Ihr Leben schien geordnet, es hatte Struktur, sie las, übersetzte, reiste, sie traf Freunde zum Essen, ging ins Kino und war einer Liebesnacht selten abgeneigt.

Iris wickelte Männer um den Finger. Bevor sie Carl und Paul kennenlernte, traf dies zu. Seit die Zwillinge ihren Weg gekreuzt hatten, war Iris' Begabung, sich zu verlieben, verkümmert. Sinnigerweise setzt das Sich-Verlieben voraus, dass man nicht schon verliebt ist. Doch das war sie, leider unglücklich.

Auch die Zwillinge orientierten sich nach der Trennung von Iris neu. Sie hatten fabelhafte Freundinnen, nie dieselbe. Es kam vor, dass eine Geliebte nicht wusste, dass ihr Liebhaber einen Zwillingsbruder hatte. Wenn dieselbe Frau ins Blickfeld beider rückte, schloss einer die Augen. Diese Schonung hatte, mit der Ausnahme Iris, bisher immer geklappt.

Auch bei Carl und Paul scheiterte jede neue Liebe. Ein Freund fasste zusammen: Sie stehen sich stets näher als ihrer Partnerin. Die brüderliche Bindung war die stärkste, ein Pech in Liebesdingen.

*

Iris kehrte zu den Zwillingen zurück, zunächst in Gedanken, dann, mit einem Kraftakt, in der Wirklichkeit.

Und alles spielte sich wieder ein, als wäre sie nie weggewesen. Sie bezog eine Wohnung, die Brüder lebten in ihrem eigenen Haus. Es gab Situationen, in denen sie sich mit ihren zwei Begleitern einsam fühlte, als Aussenseiterin.

Das Dreieck ist eine Figur mit Spitzen. Iris wünschte sich einen Kreis, dessen Mittelpunkt sie bildete. Eine zerfahrene Situation. Carl löste den Knoten mit einem Drei-Wörter-Satz, der wie ein Hieb wirkte: Lass uns heiraten.

Iris willigte ein, ohne Bedenkzeit.

Hätte sie alle für und gegen Carl sprechenden Argumente einmal mehr aufgelistet, wäre sie verrückt geworden. Dieselben Argumente galten auch für Paul. Doch Paul hatte ihr keinen Antrag gemacht. Er hatte seine Chance verpasst. Carl war seinem jüngeren Bruder zuvorgekommen. Wie bei der Geburt.

Paul war baff: Heiraten? Warum? Ist das nicht krass? Ja, darin waren sie sich einig, es war extrem, eine Art Notlösung, ein Vorgriff, um klare Verhältnisse zu schaffen, Tatsachen, als wären die Würfel gefallen.

*

Seitdem sind zwölf Jahre verstrichen. Carl und Iris haben zwei Kinder, Yann (9) und Sofie (7).

Paul findet sein Glück nicht, er hat sich eben wieder getrennt. Überhaupt gelingt ihm weniger als Carl, er schlingert. Er liebt Yann und Sofie wie eigene Kinder, er liebt Iris, er liebt seinen Bruder. Sich selbst scheint er nicht besonders zu mögen.

*

Die Zwillinge unternahmen jedes Jahr eine Reise. Zurzeit trafen sie Vorkehrungen, um nach Brasilien zu fliegen, nach Manaus. Der Regenwald lockte sie. Sie waren voller Vorfreude. Doch Iris geriet nach einem schlechten Traum in Panik.

Ihr plant doch nichts Gefährliches?

Der Amazonas ist nicht gefährlich, sagte Carl.

Doch, widersprach Iris. Es wimmelt von Spinnen und Ameisen. Im Amazonas leben Fische mit scharfen Zähnen, am Ufer lauern Anakondas.

Carl lachte.

Ich habe von Giftpfeilfröschen geträumt.

Wir sind Akustiker, meinte Paul, uns reizt der Sound.

Es gibt mehr Insekten als Sterne, fürchtete Iris.

Carl meinte: Wir sind ganz Ohr.

Da Iris ihren Mann und seinen Bruder kannte, wusste sie, dass sie nicht auf Abenteuer versessen waren.

Akustik war ihre Berufung. Sie beneidete sie um ihre Leidenschaft und versuchte, sich mit ihnen zu freuen. Die mächtigen Baumkronen saugten die Hitze auf und produzierten Regen. Das Herabprasseln des Wassers auf Millionen von Blättern war ein klangliches Ereignis. Eine Art gewaltige Minimal Music. Iris sah die beiden Männer mit ihren Aufnahmegeräten gebannt im Urwald stehen: glückliche Akustiker.

Um Iris' Sorgen zu einzudämmen, brachte Carl am nächsten Tag einen Prospekt nach Hause, den sie zusammen mit Paul anschauten. Die Männer waren begeistert, Iris redete sich selbst gut zu.

- Mit dem Kanu durch kleine Nebenflüsse des Rio Negro paddeln.
- Fischen nach Piranhas.
- In der Dunkelheit Alligatoren und andere nachtaktive Tiere beobachten.
- Urwald-Wanderung, um mehr über Heilpflanzen und ihre Verwendung zu erfahren.
- Besuch bei einem indigenen Stamm

Der Veranstalter hatte ausgezeichnete Bewertungen. Trotzdem führte die Tour in den Dschungel, wo man nicht nur von irgendwelchen Viechern getötet werden konnte, sondern auch auf Indigene stossen könnte, die nicht für Touristen tanzten und T-Shirts von Nike trugen.

Dschungelbewohner, die weiße Eindringlinge als Feinde betrachteten und mit Pfeilen beschossen.

*

Über Manaus hatten die Brüder gelesen, niemand bleibe länger in der Stadt, als er müsse. Jeder wollte möglichst schnell wieder weg.

Die Sonne brannte herab.

Sofort wurden sie gestochen. Der mit Sonnenschutzmittel und Insektenspray vermischte Schweiß brannte in den Augen.

Im Teatro Amazonas, dem erstaunlichen Opernhaus am Rand des Dschungels, machten sie bei den Proben eines Quartetts Aufnahmen. Schubert und Papageien, entfernt ein Kofferradio. Das Ergebnis übertraf ihre großen Erwartungen.

Die Brüder hatten einen Stadtplan und wussten immer, ob sie auf das Wasser zu- oder vom Wasser weggingen. Sobald geklärt war, wo der Rio Negro verlief, fügte sich alles zusammen.

Um sechs Uhr früh streiften sie mit Mikrophonen durch die Markthalle. Sie fingen das Geschrei der Bauern, Fahrer und Händler ein, die derben Rufe der Frauen, ihre lauten Anweisungen. So viel Arbeit wie möglich sollte erledigt sein, bevor die Hitze einsetzte.

Tote Hühner, tote Fische, Rinderhälften. Blut und Fliegen. Tonnen, Fässer, Behälter, Handkarren. Jemand pfiff, Radios liefen, sie hörten Hackbeile, Messerschleifen, Flüche. Ein Geier frass Fischköpfe und Innereien, die er unter den Ständen fand.

Knackende Fressgeräusche …

Der Gestank übertrumpfte die Geräuschkulisse. Der Magen wollte sich drehen. Carl und Paul banden sich ein Tuch vor den Mund. Schwere Atemluft. In Alkohol schwimmende Schlangenköpfe. Sie kauften harmlose Bananen, dazu ein süßes Gebäck, das in Wachspapier eingewickelt wurde.

Am Abend Wolkenbrüche. Vorausschauend hatten sie gummierte Ponchos gekauft. Der Regen verwandelte die Strassen in knöcheltiefe Bäche.

Die Bewohner der Stadt drückten sich gegen Hauswände. Unter allem, was Schutz bot, warteten sie geduldig, bis die Unwetter abzogen. Die Überflutung gehörte zum Alltag. Zurück im Hotel entdeckte Paul in der Dusche eine Echse, die größer war als einer seiner Schuhe.

*

Iris hatte seit zehn Tagen nichts mehr von Carl gehört. Es war unmöglich, ihn zu erreichen. Sein Handy war tot. Aus welchem Grund auch immer.

Ohne die Ablenkungen des Alltags, ohne die Kinder und den Film, den sie zurzeit untertitelte, wäre sie durchgedreht.

Auch Paul meldete sich nicht.

Die Kinder hatten mit Paul gemailt, er hatte ihnen Fotos geschickt von ihrer Exkursion in den Regenwald. Und Audioaufnahmen. Eine Affenherde, die keckerte (was die Kinder lustig fanden). Das kriegerische Summen einer Insektenwolke (machte ihnen eher Angst). Grunzen, Zischeln. Es klang unheimlich. Iris und die Kinder waren froh, sich im Schutz des eigenen Hauses und nicht im gespenstischen Urwald zu befinden, besonders in der Nacht.

Die Exkursion war nach Plan verlaufen, das hatte Iris noch mitbekommen, acht Personen, vier Führer, zwei davon indigene Einheimische.

Carl und Paul ging es gut, sehr gut, jetzt einmal, ohne die Insektenstiche aufzubauschen, die wie rote Ketten um ihre Hand- und Fußgelenke lagen, harte rote Knubbel; es erforderte viel Willenskraft, die nicht mit den Fingernägeln aufzukratzen.

Dann kam der Tag des Rückflugs. Carl und Paul befanden sich beim Einchecken nicht unter den Passagieren.

*

Es war hell im Zimmer, zu viel Licht für seine Augen, und er wusste nicht, ob die Gesichter, die er sah, der Erinnerung entsprangen oder Einbildungen waren, ob sie aus dem Traum stammten, in dem er gerade kämpfte.

Oder lag er wach im Bett (wo steht das Bett) mit geschlossenen Augen, um sich vor dem grellen Licht zu schützen: vor der schmerzenden Weißblende in seinem Kopf. Es fällt ihm schwer zu sprechen (welche Sprache?), sich verständlich zu machen (wem?).

Carl und Paul machten einen Fehler. Auf der Exkursion wären sie oft gern länger vor Ort geblieben, an der Stelle, wo sie die Mikrophone positioniert hatten. Manchmal waren sie von der Gruppe gestört worden. Sie erinnerten sich an eine Lichtung, helle Streifen Sonne, der Boden schimmerte, die Blätter leuchteten, die Geräuschkulisse war einmalig. Die Stille großartig. Sie hatten weiterziehen müssen, da wäre aber viel mehr herauszuholen gewesen.

Nach der Exkursion glaubten sie, den indigenen Führern genug abgeschaut zu haben, um allein im Regenwald klarzukommen. Sie mieteten ein Boot, ein flaches, leicht zu steuerndes Pontonboot, das nicht kippen konnte. In Manaus, an der Anlegestelle, beluden sie es mit ihrer Ausrüstung und mit Proviant für zehn Tage. Darunter Medikamente, Sonnenschutzmittel, Insektenspray, Verbandszeug, Geräte sowie einhundertzwanzig Flaschen Wasser und reichlich Treibstoff.

Langsam tuckerten sie den Rio Negro hoch, dunkelbraunes Wasser. Nach einer Stunde bogen sie in den Rio Amazonas ein, hellbraunes Wasser. Nach weiteren vier

Stunden würden sie einen namenlosen Nebenfluss erreichen, auch das schien zu klappen.

Aber danach klappte nichts mehr.

Der Amazonas ist der wasserreichste Fluss der Welt, zum Rio Amazonas zählen tausend Nebenflüsse. Die Gelegenheit, falsch abzubiegen, bietet sich fortwährend an. Eine Mündung sieht aus wie die andere. Und bevor man den ersten Fehler bemerkt, hat man den zweiten begangen und nähert sich dem dritten.

Grün, grün, braunes Wasser, grün, grün, immer weniger Himmel. Urwald ohne Merkmale. Fluss ohne Erinnerung. Und dann steckten sie fest.

Wenn er wach lag (eindeutig), versuchte er, die vergangenen Wochen zu rekonstruieren. Er war so weit wiederhergestellt, dass er aufstehen, sich anziehen und herumgehen konnte. Er hielt sich ausschließlich in Räumen auf, wagte sich nicht einmal in den Garten. Die tropische Hitze, die sinnlosen Regenfälle, die lebensfeindlichen Bedingungen in Manaus, wo er sich (wie man ihm gesagt hatte) aufhielt, waren zu hart. Für das Herz. Sie waren unerträglich. Für den Kopf. Ständig wirst du gestochen, gebissen. Er machte Notizen, schrieb vorantastende Sätze, um den Zusammenhang zu finden, stellte sich Abläufe vor (darin war er geübt): Ein Urwald ist eine dichte Masse, Blätter über Blättern, Blüten neben

Blüten, es ist schwierig, im Urwald eine Struktur zu erkennen. Insekten bilden Wolken. Millionen identische Blutsauger. Alle stechen und beißen. Hartschalige und weiche Körper. Behaart, glatt, mit Papierflügeln.

Die Erinnerung setzte ihm zu, er konnte die Tage nicht unterscheiden. Fieber. Die Wochen waren zu Ballen gepresst. Offene Wunden. Das Pontonboot, repetierte er, ist in einen Nebenfluss geraten. Die Baumkronen schlossen sich und der Himmel verschwand. Tagesdunkel drückte. Die Oberfläche des Wassers war ohne Spiegelungen. Er konnte weder Schlangen noch Fische sehen.

Wer ans Ufer wollte, musste in den Fluss springen.

*

Iris kam er fremd vor, dieser ausgemergelte Mann, der neben ihr im Bett schlief. Seit seiner Rückkehr, seit seiner Auferstehung, so kam es ihr vor, lag er manchmal reglos und starr wie ein Toter, dann wieder ruhelos sich drehend und ständig bewegend auf dem Laken, friedlos wie ein Gequälter. Sie überlegte, das Schlafzimmer aufzugeben, sie wünschte, ein eigenes Zimmer zu beziehen, das Haus war groß genug.

Acht Wochen war er weggeblieben, verschollen in Brasilien. Iris hatte ihn für tot gehalten, tausend hässliche Tode war Carl in ihrem Kopf gestorben.

Dann kam der Anruf aus Manaus:

Carl, ja, bist du es, Carl?

Ihre Heftigkeit überforderte ihn.

Carl, was ist passiert?

Gestammel, belegte Stimme, er atmete schwer.

Im Kopf war ich klar genug, wird er später sagen, um zu wissen, dass das, was gerade passierte, nicht wirklich sein durfte, sondern verhängnisvoll war, dass mir aber die Kraft zur Richtigstellung fehlte.

Der Anruf kam aus einem Krankenhaus, Iris redete mit dem behandelnden Arzt. Sein brasilianisches Englisch war schlecht zu verstehen. Man hatte ihren Mann lebend gefunden.

Ihr erster Impuls: nach Manaus fliegen.

Die Kinder?

Ohne Kinder?

Sie konnte die Kinder nicht alleinlassen.

Es gab weitere Gründe, die sie bewogen, zu Hause zu bleiben. Eine innere Stimme mischte sich ein. Bleib vernünftig. In Manaus geriete sie selbst in Gefahr und wäre niemandem eine Hilfe, auch für Carl nicht. Ihr Mann, das wusste sie, war am Tod vorbeigeschrammt, nun medizinisch versorgt und stabilisiert.

He is over the Mountain, versicherte der Arzt.

Irgendwo in ihrem Kopf nistete sich ein schlimmer Gedanke ein, dem sie keinen Raum gewähren wollte.

*

Im Leben der Zwillinge hatte es oft lange Gespräche gegeben, die sie, irgendwo nebeneinandersitzend, geführt hatten. Ein Bier in der Hand. Hätte ein Akustiker Aufnahmen von ihren Unterhaltungen gemacht, wäre beim Abspielen auffällig geworden, dass sie alle Merkmale eines Selbstgesprächs aufwiesen.
Jeder dachte laut für sich.

Ihre unerledigte Geschichte war Iris.

*

Auf dem flachen Pontonboot, verirrt im endlosen Flusssystem des Amazonas, hatten sie nicht mehr an ein Überleben geglaubt. Wir müssen an Land, forderte Carl. Paul fragte sich, ob das nicht die nächste falsche Entscheidung wäre. Er hoffte, ein Suchtrupp, indigene Urwaldbewohner, jemand mit Durchblick würde sie aufspüren. Jemand würde das flache Boot mit den zwei Männern auf dem Fluss treiben sehen und die richtigen Schlüsse ziehen.

Bestimmt war in Manaus eine Suchaktion veranlasst worden. Sie hatten das Boot nicht zurückgebracht, sie waren nicht in ihr Hotel zurückgekehrt, sie hatten den Flug verpasst.

Carl sprang ins Wasser und verschwand im Wald.
Er kehrte nicht zum Boot zurück.

Paul überwand sich am nächsten Tag, an Land zu schwimmen, um seinen Bruder zu suchen. Es war kein Akt der Besonnenheit, vielmehr eine Verzweiflungstat. Alles, was er unternahm, war falsch. Er war ein verlorener Mann, der dem Bruder hinterherstolperte, der sich von ihm getrennt hatte.

Paul wurde von Indigenen aufgegriffen. Sie nahmen ihn mit, bestimmt hatte der weiße Mann einen Tauschwert. In ihrem Dorf überlebte er ohne Gespür für sich selbst, ohne Gefühl für die Zeit, geschweige denn für die Anzahl der verstreichenden Tage. In einer auf Stelzen gebauten Hütte voller Ungeziefer und Insekten mischte der Medizinmann für ihn eine bittere Tinktur aus Giften, die seine Lebensgeister wiedererweckten.

Carl war verschollen.

Unwahrscheinlich, dass er noch lebte.

Die Nachricht, bei einem Stamm werde ein großer rothaariger Mann aufgepäppelt, verbreitete sich im Urwald, auf welchen Wegen auch immer. Der Dschungel hatte zahllose Augen und Ohren und Münder.

Ein schnelles Motorboot holte Paul ab und fuhr ihn zurück nach Manaus.

Die Schweizer Vizekonsulin besuchte ihn im Krankenhaus und stellte Fragen. Die Gepäckstücke der Brüder befanden sich in der Obhut des Konsulats. Die Vizekonsulin hatte zwei rote Pässe bei sich. Sie öffnete einen Pass und fragte Paul: Sind Sie Carl Mäder?

Ja, sagte Paul.

Paul wird das aufklären müssen. Als Iris aus dem Schlafzimmer auszog, hoffte er, dass sie es selbst entdeckt hatte. Er war sich nicht sicher. Als hätten sie eine stillschweigende Übereinkunft getroffen, behielt er die Wahrheit für sich.

Eine neue Epoche begann.

Ohne Carl fühlte Paul sich halbiert. Oder wie ein Mann ohne Schatten. Paul würde noch einmal nach Manaus fliegen. Zusammen mit Iris. Es ging darum herauszufinden, was mit Carl geschehen war.

Sie mussten sich von ihm verabschieden.

Danach würde man weitersehen.

GOODBYE EVERYBODY

Er fuhr Sophie zum Flughafen. Sie reiste mit drei Freundinnen nach Bali. Ein Retreat in einem amerikanischen Yoga-Camp. In Bali wollten sich die Frauen vier Wochen aufhalten, den ganzen Oktober.

In der Baum-Position, zog er Sophie auf.

Vergiss meine Pflanzen nicht, sagte sie.

Er lächelte. Er würde die Pflanzen jeden Sonntag gießen, dreiundzwanzig Töpfe.

Die Freundinnen waren gleich groß und ähnlich gekleidet und teilten die Gestalt, die Frisur und den kamelartigen Gang selbstgewisser Yogafrauen.

Sophie war eine von ihnen. Clemens hatte nicht darauf geachtet, welche Farbe ihre Kleidung … ob sie eine Hose, einen Rock. Er strengte sich an, sie auszumachen, erkannte zuerst ihre Umhängetasche.

Die Gruppe musste lange anstehen. Die Pässe wurden elektronisch überprüft, die Körper mit dem Metallscanner abgesucht, das Handgepäck wurde durchleuchtet. In den Strümpfen standen sie auf dem Steinboden vor der Sicherheitsschranke und ließen die Prozedur klaglos über sich ergehen.

Im Flughafen war Clemens immer etwas angespannt. Die Hände in den Hosentaschen ging er zum Parkhaus zurück. Kaufte unterwegs Bananen, Schokolade und ein Plüschtier, einen Fuchs, für seine Enkelin.

Er zirkelte sein Auto aus dem Parkhaus, die Gegend war ihm vertraut. Ohne sich entscheiden zu müssen, nahm er den Weg zum regionalen Hallenbad.

Als wäre sein Körper mit einem Schlüssel aufgezogen, crawlte er eine Bahn nach der anderen, bis die Spannung der Feder aufgebraucht war.

Nach dem Schwimmen fuhr er zügig nach Hause. Und schon saß er wieder vor dem Computer.

*

Es geschah so viel. Endlos viel. Es geschah auf Armlänge und meilenweit fern, sichtbar und unsichtbar zugleich. Er ließ sich darauf ein, löste sich dabei ein bisschen von sich selbst.

Clemens betrachtete die Welt als eine riesige Oberfläche. All das, was er *das große Nebeneinander* nannte, hatte ihn bildersüchtig gemacht.

*

Ende September, dem wärmsten September seines Lebens, war etwas anders als sonst. Ihm fielen seine Schritte auf. Sie gerieten kürzer, nicht einfach selbstverständlich.

Er hatte auf seine Füße geschaut, als machten sie etwas falsch. Doch seine Füße machten alles richtig, sobald er aufhörte, sie zu beobachten. Er war im Supermarkt beim Gemüse gestanden und hatte Paprikaschoten in den Korb gelegt. Er kaufte täglich ein, es war Normalität, sein Alltag, manchmal erschwert durch Lücken in den Regalen. Seit Tagen fehlte das Olivenöl.

Clemens überprüfte seinen Einkauf. Er hielt sich gern im Supermarkt auf. Im Supermarkt wurde offenkundig, dass in seinem Körper das Ur-Gen der Sammler und Jäger überlebt hatte. Clemens war deswegen beruflich wohl auch bei der Statistik gelandet.

Er musste sich noch ein Pfund Hackfleisch greifen, einen Bund Frühlingszwiebeln und eine Packung Basmati-Reis. Zufrieden legte er die Lebensmittel aufs Band, zahlte und kaufte am Automaten einen Kaffee, einen Cappuccino Kakao.

Clemens war kein eifriger Koch, doch seine mit Hackfleisch und Reis gefüllten Paprikas waren lecker. Er hatte überlegt, ob noch Zutaten fehlten. Da funkte ihm dieser Roboter dazwischen.

Er hatte die Geschichte im Internet angeklickt.

Im Verlauf eines Tages machte Clemens einige mehr oder weniger zufällige Klicks.

Ihm gefiel der Gedanke, den Roboter als Exemplar

einer neuen Tierart oder als böse Comicfigur einzuordnen. Das war er aber nicht. Er war eine Hightech-Maschine.

Gern hätte Clemens am Abend die Geschichte seiner Frau erzählt, aber das ging nicht. Sophie war mit ihrer To-Do-Liste beschäftigt. Vor ihrer Abreise hatte sie alles auf Standby setzen müssen. Ihr gehörte eine Geschenkboutique mit handverlesenen Einzelstücken, und sie war an ihrer ehemaligen Schule eine gefragte Stellvertreterin.

Clemens hätte reden und reden können. Sophie hatte ihre Ohren ausgeschaltet.

Der Roboter war gebaut worden, um Kisten mit Paprikaschoten zu greifen und auf eine Palette zu legen. Bei der Kontrolle der Sensoren hatte er den Techniker, den er für eine Kiste hielt, geschnappt und gegen das Fließband gestoßen.

Der Techniker war zerdrückt worden.

Wie ein Kaffeebecher, dachte Clemens.

*

Zu den Dingen, die Clemens genoss, gehörte, durch die Straße zu gehen, einen Kaffeebecher in der Hand.

Im anhaltend schönen September ein Luxus, den er sich täglich gönnte, ja: Luxus war die passende Bezeichnung. Er flanierte mit seinem Kaffee, während seine Frau in ihrem Yoga-Zimmer vor der safrangelben Wand meditierte und dann zu ihrer Boutique fuhr.

Vor ihm ging eine Frau, eher klein, dunkles Haar. Die Gestalt erinnerte ihn an seine Mutter. Er war versucht, die Frau zu überholen, um ihr Gesicht zu sehen. Aber er beherrschte sich.

*

Clemens Rapp hat zu viel Zeit. Oder andersherum: Er hat zu wenig zu tun. Sozusagen nichts. Zumindest ist das die Ansicht seiner Frau. Sie ist besorgt, die Befindlichkeit ihres Mannes liegt ihr am Herzen.

Clemens hört sich ihre Belehrung an.

Sophie findet, es sei Zeitverschwendung, das Rätsel lösen zu wollen, wie der in Stuttgart gestohlene Schwertransporter, ein Autokran mit Ausleger, nach Istanbul gelangt sein könnte, wo er auf einem Schulhof steht.

Und Sophie stand nun in Bali auf dem Kopf.

Sophies Abwesenheit hatte mit der Menge seiner Zeit nichts zu tun, er hatte deswegen nicht mehr oder weniger Zeit oder Langweile. Was die *Zeitverwendung* betraf, hätte er sich eine Stunde lang auslassen können, er kannte die einschlägigen Grafiken und Ergebnisse der zuständigen Statistiker.

Clemens hatte Sophie nicht zugestimmt.

Er wollte ihr nicht rechtgeben und er wollte nicht

rechthaben. Und zuallerletzt war er auf einen Streit aus. Er stritt sich mit niemandem mehr. Dafür war ihm die Zeit zu kostbar. Er verbrauchte sie lieber im Hallenbad. Er tauchte. Auf dem Grund des Beckens hörte er nicht, was sich oben abspielte. Unter Wasser entschied alles der Sauerstoff.

Mit dem Delphinkick pfeilte er vorwärts. Unter Wasser war die Zeit Echtzeit.

Clemens ist nicht unzufrieden, was Sophie ihm unterstellt, er hadert nicht mit sich und dem Leben und denkt nicht ständig, wie Sophie sich ausdrückt, um drei Ecken herum.

Es war etwas Bedenklicheres.

Ihm setzten die schlechten Nachrichten zu, sie sprangen ihn wie Hunde an. Sie spürten, dass er sich fürchtete.

Du bist zu oft im Netz, Clemens.

Seine Frau schwieg auch in Bali nicht.

In ihrer Yoga-Blase war Sophie die beste Version ihrer selbst. Sie hatte Scheibenwischer im Kopf, die zuverlässig für Klarheit sorgten, konnte eine Stunde auf einem Bein stehen, ohne einmal mit den Augen zu zwinkern, sie konnte ihren Nackenhärchen befehlen, sich zu sträuben. Sophie beherrschte Techniken gegen Stressoren, ihre Gefühle waren nicht Wellen, die über ihr zusammenschlugen.

Horch in deinen Körper hinein, Clemens.

Vom Herzschlag grundiert, rumorte in seinem Leib eine Vielzahl von unklaren Geräuschen. Sein Bauch spiegelte seinen Kopf.

Atemtechnik, sie hatte ihm Übungen gezeigt.

Im Schwimmbecken legt er die letzte Bahn immer unter Wasser zurück. Dabei sind Denken und Atmen keine gute Idee.

*

Draußen, hinter dem Haus auf dem Rasen, wenn eine Nacht-Sequenz angesagt war, verharrten Sophie und ihre Yogagruppe in der Position *der heraufschauende Hund.* Ihre Blicke waren nach innen gerichtet. Tief in ihr Selbst geschmiegt, beachteten sie den Mann im Mond nicht, der ihnen zulächelte.

Wenn Clemens die Frauen von seinem Fenster aus entdeckte, zwang er sich, den Blick abzuwenden.

Auf dem Pfad zur *inneren Freiheit,* auf dem Sophie wandelte, seit eine unbestechliche BMI-Berechnung sie in den mittleren Jahren schockte, entging ihr, glaubte Clemens, wie kostbar die Vergänglichkeit die Lebenszeit machte.

Die verdammte Vergänglichkeit. Ungerührt verwandelte sie einen schönen Männerrücken in einen Altmännerrücken.

*

Im Arbeitszimmer saß er vor dem Computer, las Artikel auf Artikel, folgte einem Link, entdeckte ein Bild, blieb auf YouTube hängen. Bei diesen Tätigkeiten täuschte einen die Zeit; die Stunde hatte zwanzig Minuten und die Minute sieben Sekunden.

Über der Lehne des Stuhls hing ein Gymnastikband. Wenn der Nacken schmerzte, nahm er es in die Hände, erhob sich und stärkte sich mit Streckübungen.

Die Nachrichten aus aller Welt belasten Clemens. Das ist nicht immer der Fall gewesen. Es gelingt ihm nicht mehr, einen Schritt Abstand zu nehmen. Es gelingt ihm nicht mehr, sich die Welt vom Leib zu halten. Jeder Klick öffnet die Tür zu einem weiteren Schlamassel.

Clemens traut der Welt nicht.

Die Welt erleidet Rückfall um Rückfall. Sie folgt verheerenden Konzepten, die er für längst überwunden gehalten hat. Krieg und Verwüstung, Mord und Vertreibung, Gewalt.

King Kongs regieren.

Und die Jahreszeiten halten sich nicht mehr an die Spielregeln. Es ist zu heiß und zu kalt, zu nass und zu trocken – und er studiert die Weltkarte, auf der die Landstriche und Orte eingefärbt sind, die 2050 verschwunden sein werden.

*

Clemens' Enkelin ist bald vier Jahre alt. Sie sollte vor ihrem dreißigsten Geburtstag nach Venedig oder Amsterdam reisen.

Er holt Mia bei ihrer Mutter ab.

Auf ihren Ausflügen lässt er sie den Weg bestimmen. Mia hat eine Vorliebe für Verrichtungen. Sie schaut in die Autowerkstätte hinein. Vor einer Baustelle bleibt sie stehen. Ein Kran zieht eine vorgefertigte Treppe hoch. Am See beobachtet sie einen Angler. Reglos steht er am Ufer und gerät plötzlich in Bewegung. Er holt einen Fisch ein. Der zappelt am Haken.

Mia schaute aufmerksam zu, nicht staunend, es ist Clemens, der staunt, wie lange das Mädchen sich Zeit nimmt, um die Dinge anzuschauen, wie gründlich sie die Welt entdeckt und aufnimmt, ihr wunderbares Gehirn sammelt Eindrücke.

Zusammen zählen sie Stufen und Skulpturen und Farben. Ab der Zahl fünfzehn nimmt Mia es nicht mehr genau – es fliegen zu viele Möwen herum. Und sie sträubt sich gegen jedes Rückwärtszählen. Es ist nicht ihre Art, die Wirklichkeit zu fassen.

Tief unter der Stadt, davon ist sie überzeugt, in den Schächten, in die sie gelegentlich Einblick erhält, wenn Arbeiter einen Kanaldeckel heben, leben Bösewichte. Sie verstecken sich vor Batman.

Das Mädchen lebt im Zeitraffer.
In einer bissigen Zeit.

Eben hatten Mia und auch er den wärmsten Sommer seit Messbeginn ohne Sonnenbrand überstanden. Jeden Tag war das Mädchen dick eingekremt worden. Mia lebte auch mit klebrigen Sprays, die Zecken und Moskitos und die neu zugezogenen Tigermücken fernhielten.

In der Nacht, wenn er wach lag, begann in Clemens' Kopf ein düsterer Film abzulaufen. Er konnte weder schlafen noch den Film stoppen und glitt in einen Modus, in dem Hoffnung und Verzweiflung eine unmögliche Kombination bildeten.

*

Den Briefkasten leerte er wegen Sophies Geschenkboutique. Für ihn befand sich meistens nichts Persönliches darin. Heute fiel ihm eine weiße Schachtel auf, die Platz in einer Hand hatte. Er wusste gleich, was sie enthielt: Seit Tschernobyl gab die *Bundesapotheke* an alle Haushalte, die im Umkreis von 50 Kilometern eines Kernkraftwerks lagen, Tabletten ab.

Kaliumiodid 65.
Einnahme nur auf Anordnung der Behörden.
Schützt die Schilddrüse vor radioaktivem Jod.

Das rationale *radioaktiv* ließ Clemens Rapp nun tatsächlich um drei Ecken herum denken.

Im Gedächtnis liegen Erinnerungen wie Kekse in einer Dose. Wenn man einen in den Mund steckt, verrät der Geschmack, aus welcher Zeit er stammt.

1986, Ende April.

Kinder dürfen nicht im Sandkasten spielen, sie sollen keine Milch trinken und am besten zu Hause bleiben. Kernschmelze in Tschernobyl.

Radioaktive Isotope gehen über weiten Teilen Europas nieder.

1968, September. Clemens als Soldat im Manöver.

Eine Atombombe vernichtet das solothurnische Olten. Im Aargauer-Jura kannst du überleben.

Das musst du glauben.

Es ist die Doktrin.

Die Truppe verpflegt sich am Waldrand.

Clemens isst Fleischsuppe aus der Gamelle. Man hört einhundert Löffel auf dem Aluminium kratzen.

Wegen der Zukunft macht er sich keinen Kopf. Er studiert Statistik, gilt als vielversprechend. Er betrachtete sein Leben als Gleichung mit mehreren Unbekannten, hat einen guten Plan und ist voller Zuversicht.

Inzwischen ist Clemens dünnhäutig geworden.

Der Lebensplan hat ausgedient. Die Unbekannte X

ist als Sophie in sein Leben getreten. Seine Frau ist eine Yogafrau. Das ist gut für sie. Sophie sieht die Gedanken, wie sie sind, sie sieht die Dinge, wie sie sind.

Clemens, nicht mehr taufrisch, nicht mehr furchtlos, nicht mehr ganz sattelfest, lässt sich vom Strudel seiner Überlegungen mitreißen.

Sophie hatte ihm geraten, seine Emotionen zu kanalisieren. Um sie abzulenken, erzählte er von einem Mann in Bangkok, der gegen eine Riesen-Python kämpfte, die seine Katze fressen wollte.

Warum beschäftigt dich das, fragte Sophie.

Na ja, hielt er dagegen: Er ging ins Risiko und hat das ihm Liebste beschützt.

Clemens' Herz ist schwerer geworden, seine Schultern sind die eines Schwimmers geblieben. Er hebt seine Enkelin mit einem Schwung hoch. Sie liebt es, auf seinen Schultern zu reiten.

Unverändert sieht er sich als Zahlenmensch. Das statistische Jahrbuch ist für ihn die wichtigste Neuerscheinung. Den Statistischen Atlas der Schweiz benutzt er fast täglich, die Tabellen und Grafiken inspirieren ihn, sie zu studieren, erfüllt ihn mit Freude.

Da er glaubt, auch Romantiker zu sein, weiß er, dass die Seele, die zu lokalisieren noch keinem Wissenschaftler gelungen ist, den ganzen Körper ausfüllt.

*

Clemens verfolgt den mörderischen Angriffskrieg, den Russland in der Ukraine führt. Er sieht die Leichen und die Trümmerlandschaft und das Leid und die Geldverbrennung.

Auf YouTube schaut er Videos an, um zu verstehen, wie Drohnen im Krieg eingesetzt werden. Es sieht einfach aus. Du kannst Drohnen im Internet kaufen. Und mit Sprengstoff beladen. Die Drohne ist nicht größer als eine Taube mit ausgebreiteten Flügeln. Ihre Kamera spürt den Feind auf.

Ein Soldat kauert im Graben vor dem Monitor. Mit dem Handy löst er den Abwurf aus.

Als Statistiker erkennt Clemens eine geringe Wahrscheinlichkeit für einen Ausgang des Kriegs nach dem Wunsch der westlichen Welt.

Er beißt sich auf die Lippe.

Am Ende ist dies der Anfang gewesen.

Er hatte keine Worte gefunden, einen Tag lang war er stumm geblieben und hatte den Kopf geschüttelt: Russische Truppen rückten in die *Sperrzone Tschernobyl* vor, verminten das Gelände, legten Feuer und eroberten die Anlage.

Der explodierte Reaktor befindet sich unter einer silbernen Hülle. Das dünne Blech bietet gegen Beschuss keinen Schutz. Stürzte das Bauwerk zusammen, würde eine hochradioaktive Staubwolke die ganze Region verseuchen.

*

Als müsste der Aufmacher *Ukraine* nach zwei Jahren turnusgemäß abgelöst werden, eskaliert der Nahostkonflikt. Die palästinensische Hamas greift Israel an. Der ausschließlich gegen die Zivilbevölkerung gerichtete Terror ist für Schlagzeilen wie geschaffen. Ein Fluch liegt auf dem Heiligen Land. Eine irrationale Gesetzmäßigkeit. Hass hat dieselbe Halbwertszeit wie radioaktive Strahlung. Auf der Flucht vor seinen Gedanken verschwindet Clemens im Internet.

Zwei Wochen später.

Er fotografiert am Bildschirm einen Panzer mit Drohnenschirm über der Luke. Kämpfe sind zu sehen, Leichen werden nicht gezeigt.

Die Zerstörung deprimiert Clemens. Er spürt ein seltsames Mitleid mit kaputten Häusern. Ein Video gewährt Einblick ins Tunnelsystem der Hamas. Er beobachtet Soldaten in ihren Stellungen, jeder ist Feind und Ziel und Schütze.

Könntest du einen Menschen töten?

Clemens erinnert sich, wie er als junger Mann, immatrikuliert an der Universität Zürich, in den späten Sechzigerjahren von der Schweizer Armee zu einer speziellen Ausbildung im Gebirge aufgeboten wurde.

Er saß im Zug. Allein. Er hatte den *Spiegel* dabei, las aber nicht. Er war seltsam ruhig. Nicht ohne Neugier. Er würde etwas Neues erleben.

Scharfschütze?

Warum ich?

Weil du es kannst.

Ob er es tatsächlich könnte? Ober er kaltblütig bliebe? Klar im Kopf, eine ruhige Hand? Clemens ist sich nicht sicher. Die Einschätzung seiner Vorgesetzten ist ihm bis heute ein Rätsel.

In der Stille tosten Schneebretter herunter. Plötzlich hatte Clemens einen Steinbock im Visier. Schneehühner flatterten auf. Wer ein Tier schoss, wurde weggesperrt.

In der Nacht Milliarden Sterne.

Die Milchstraße.

Im Nachhinein, als er versuchte, in die damaligen Empfindungen zurückzufinden, kam ihm in den Sinn, dass er in keinem Augenblick gewünscht hatte, diesen Moment mit einer Frau zu erleben.

Man musste allein sein.

Das Knistern der Sterne.

Es war nicht romantisch, es war existenziell.

Das Gewehr beindruckte ihn, es war wunderschön. Der Schaft poliertes Nussbaumholz. Der gezogene Lauf. Hochwertiger Stahl. Das scharfe Zielfernrohr. Ein sensibler Abzug, er fühlte den Druckpunkt noch im Zeigefinger. Wie gut das Gewehr in der Hand lag. Der Kolben in der Schulter und an der Wange.

Du musst dich sammeln, einatmen, ausatmen. Konzentriert. Du musst den Mann töten. Du musst mit Geduld auf den Moment warten. Und ruhig abdrücken, wenn du den Feind in seiner Tarnung entdeckt hast und sicher bist und klar genug und bereit für den Schuss.

Der Feind verfolgt dieselbe Absicht.

Er will dich töten.

Die Tage im Pulverschnee über der Baumgrenze blieben unvergesslich. Er hatte den eigenen Ruhepol finden müssen, den Fixpunkt in sich.

Der wattige Knall im Ohr bei Übungen mit dem Schalldämpfer.

Clemens verdrängte diese militärische Affäre. Sie war ein schwarzes Loch in seinem Leben. Aber das schwarze Loch hatte einen schimmernden Rand.

Er hatte das akzeptiert.

Die Schussabgabe auf den Feind und die Angst vor der feindlichen Kugel, weiß Clemens, ist nur die Hälfte. Das

Ganze: Ein Scharfschütze muss auch mit seinen Toten leben können. Er ist dankbar, dass ihm das Töten erspart geblieben ist, dass er nie einen finalen Schuss auf einen Menschen hat abgeben müssen.

Er hält es nicht mehr mit den Starken.

*

Das Dünnerwerden der Haut ist nicht nur eine Metapher, der Vorgang ist messbar. Mit fünfzig fängt es an. Und Clemens' die Seele betreffende Hypothese erfährt eine Erweiterung: Die Seele ist identisch mit dem größten Organ des Menschen, mit seiner Haut. Sie ist mit Narben, Abschürfungen und Kratzern versehen, sie ist unfasslich, frisch und glatt und wohlriechend, sie ist tätowiert, gebräunt, sie weist blaue Flecken auf und Male von Schlägen und Bissen; sie wird zärtlich gestreichelt und geküsst.

*

Nach der Ausbildung übergab der Kommandant den neuen Scharfschützen ein Abzeichen. Es war am rechten Arm zu tragen.

Clemens hatte in der Armee gelernt, Knöpfe anzunähen und Kleidung zu flicken. Doch die Mutter bestand darauf, das besondere Emblem an seiner Uniform anzubringen. Er schaute zu, wie sie es annähte, Stich für Stich.

Dann half sie ihm in die Jacke. Er stand vor seiner Mutter, einen Kopf grösser als sie, und grinste verlegen.
Luise Rapp war stolz auf ihren Sohn.
Clemens, nun dreiundzwanzig, war auf seinem Weg.

*

In der kleinen Stadt, in der ihre Familie lebte, gab es keine Buchhandlung. Deshalb war Clemens' Mutter Mitglied eines Buchclubs. Viermal im Jahr erhielt sie einen Roman zugeschickt, das Quartalsbuch.
Sie legte das Buch auf ihr Nachtkästchen.

Luise Rapp schöpfte aus Büchern Kraft. Ein Kissen im Rücken saß sie im Bett und las im Schein eines Lämpchens, während ihr Mann schlief. Schaute sie von ihrem Buch auf, sah sie seinen breiten Rücken. Sie hörte seinen Atem. Walter lag da wie ein gefällter Baum.
Sie las oft bis spät in die Nacht hinein. Doch sie behielt das Gelesene in sich verschlossen, wollte es mit niemandem teilen.
Zwei Wecker schrillten Walter in den Alltag. Manchmal merkte er erst beim Rasieren, dass er wach war. Er musste den ersten Zug erreichen, den Arbeiterzug, um in eine größere Stadt zu fahren, wo er in einer Fabrik arbeitete, die Aufzüge baute.

Luise Rapp war vierunddreißig. Clemens dreizehn. Er

hielt sich oft mit ihr im Kiosk auf, wo sie Verkäuferin war, und belauschte Gespräche. Sie wusste das, aber nicht die Frauen, mit denen sie sich austauschte.

Clemens erfuhr mehr, als ihr lieb war.

Sie wusste auch, dass er heimlich Romane las. Zurzeit verschlang er *Exodus* von Leon Uris, statt zu schlafen. Es entging Luise nicht, dass die Lektüre ihren Sohn aufwühlte, sprach ihn aber nicht darauf an.

*

Exodus steht heute noch in Clemens' Bibliothek. Die Mutter hat ihm den dicken Roman einmal mit einem Augenzwinkern zum Geburtstag geschenkt. Er gehört zu den wichtigsten Büchern seines Lebens. *Exodus* verband ihn emotional mit Israel. Er bewunderte den Mut und die Entschlossenheit der Zuwanderer, einen eigenen Staat zu gründen, sich eine wehrhafte Heimat zu schaffen und die Wüste zu bewässern. Es war auch abenteuerlich. Clemens spürte beim Lesen Solidarität.

Sie hatte nie nachgelassen.

*

Luise hatte wenig Zeit, um über ihr Leben nachzudenken. Konnte sie Zeit für sich absparen, zog sie das Lesen dem Grübeln vor.

Wenn Walter am Abend nach Hause kam, öffnete er

die Arme, und Luise kuschelte sich hinein. Seine Lippen umschlossen ihren Mund bestimmt drei Sekunden.

Die Eltern seiner Freunde küssten sich anders, sie benötigten dafür nicht so viel Zeit.

*

Einmal im Jahr besuchte Clemens die Gräber seiner Eltern. Es kam ihm eigenartig vor, aber nicht unpassend, dass ihre Grabstätten weit auseinanderlagen. Auf jedes Grab legte er Blumen.

Nachdem er durch Straßen und Gassen gegangen war, setzte er sich in ein Café. Er sah die Menschen, die seine Kindheit bevölkert hatten. Die meisten waren inzwischen verstorben. Clemens hatte einige ihrer Gräber besucht.

Bisher war ihm aber nicht aufgefallen, dass nicht alle von ihnen ein Grab hatten. Die Namen Braunschweig, Bernheim, Heymann, Bloch, Edelmann und Wyler suchte man vergeblich.

Clemens erinnerte sich: Herr Braunschweig wohnte neben dem grauen Rathaus. Er trug dreiteilige Anzüge mit Krawatte und eine goldene Uhrenkette. Er war ein angesehener Viehhändler. Ein Knecht betreute seinen Stall. Frau Bloch regierte im Kolonialwarenladen. Mehl, Reis, Zucker und Makkaroni füllte sie mit der Schaufel in einen Papiersack. Der Sohn der Heymanns besuchte Clemens' Klasse, der Familie gehörte die Gürtel- und

Hosenträgerfabrik. An der Marktgasse verkaufte Herr Edelmann Unterwäsche. Er hatte auch Damenstrümpfe und Korsetts im Angebot. Herr Bernheim war ein exklusiver Herrenausstatter, er arbeitet auf Maß. Herr Wyler war Hausierer. Er schleppte seinen Warenkoffer von Tür zu Tür.

Die stadtbekannten Namen waren jüdisch.

Clemens überlegte, ob er dies gewusst hatte.

Nein, er hatte nicht beachtet, dass sie Juden waren, dachte nicht, der Viehhändler ist Jude, es war nicht wichtig.

Clemens las *Exodus*.

Stellte aber keine Verbindung her.

Bestimmt hatten alle Verwandte, die von Nazis umgebracht worden waren. Doch es gab nie ein Gespräch über die Juden der Stadt. Obwohl sie nicht wenige waren. Über ihre Geltung und Beliebtheit machte Clemens sich keine Gedanken. Sie waren einfach da. Sie besuchten die Synagoge in einem Haus mit Blick auf den Fluss und hatten einen eigenen Friedhof, was Clemens damals noch nicht wusste, in einer anderen Gemeinde, sie waren dort begraben.

*

Ein paar Wochen vor dem Yoga-Retreat seiner Frau entwickelte Clemens eine Abneigung: Er mochte keine Krimis mehr schauen.

Die Tagesschau und was er im Netz ermittelte, deckten seinen Bedarf an Totschlag und Mord.

Er hatte in seiner strapazierten Seele keinen Platz mehr für die Verbrechen im *Tatort*.

Ihm wuchs alles über den Kopf.

Clemens musste sich freischwimmen.

Im Wasser war er wie verwandelt. Er spürte den Auftrieb und den Widerstand. Er bewegte sich vorwärts und ließ alles Ungemach hinter sich.

Sophie nahm die Veränderung erst wahr, als sie allein vor den Fernseher saß. Ein Sonntagabend. Auf dem runden Beistelltisch stand der Wein, doch neben ihr, auf dem Sofa, blieb Clemens' Platz leer.

Sophie schaute den Krimi allein.

Zum ersten Mal.

Es war nicht so, dass der *Tatort* für sie unverzichtbar gewesen wäre. Sie setzte sich vor den Fernseher, um ihrem Mann eine Freude zu bereiten, er schien darauf versessen. Aber Sophie täuschte sich. Clemens lag nicht viel an dem Krimi. Ihm gefiel es, neben seiner Frau auf dem Sofa zu sitzen und einen schönen Wein zu trinken, auch wenn sie nur an ihrem Glas nippte, dem Film zu folgen, über Belangloses zu sprechen und über Gewichtiges, was ihnen eher schwerfiel, wenn sie einander an einem Tisch gegenübersaßen. Ganz unbefangen konnten sie über die

Geschenkboutique reden, über einen schönen Ring mit rotem Stein, einen alten Gürtel aus lackiertem Leder, die Sophie auf Flohmärkten entdeckt und erworben hatte. Auf diesen Streifzügen begleitete er sie gern.

*

Sophie war in Bali. Falls sie ihm mitteilte, für immer dort zu bleiben, würde er erschrecken. Er wischte den Gedanken beiseite. Sophie hatte das nicht einmal angedeutet. Das Yoga-Camp war für sie ein Zufluchtsort. Ihr Lebensmittelpunkt befand sich hier.

Oder bewertete er das falsch?

Clemens zog sich ins Hallenbad zurück. Das harte Wasser, der blau gekachelte Boden des olympischen Beckens, die dunstige Wärme und der schwelende Geruch von Chlor kamen ihm jetzt zupass. Clemens benutzte das Schwimmbecken als Schlupfloch.

*

Aus einer Laune heraus nahm Clemens den Band *Exodus* aus dem Regal. Diesen umfangreichen Roman als Junge gelesen zu haben und jetzt wieder zu öffnen, erschien ihm surreal. Als schlage er der Vergänglichkeit ein Schnippchen. Vielleicht war er damals mit *Exodus* im Bett eingeschlafen und erst jetzt wieder aufgewacht.

Das Buch ist das Buch geblieben. Der Nahostkonflikt ist der Nahostkonflikt geblieben. Der Junge ist nicht mehr der Junge …

Nach einer Stunde Schmökern legte Clemens den Roman auf seinen Schreibtisch. Der Text war immer noch ergreifend. Als Junge hatte er ihn sich ohne Vorwissen einverleibt. Er zweifelte nicht an der Wahrhaftigkeit des Buches.

Clemens hatte sich nie ernsthaft mit der Zeit auseinandergesetzt. Er war kein Philosoph, kein Physiker, und die Statistik konnte nichts Erhellendes beitragen. Sie bildete aktuelle Zustände ab, machte Entwicklungen sichtbar und diente der Entscheidungsfindung für die Zukunft. Die Zeit war eine Selbstverständlichkeit, zum Glück konnte man sie genau messen.

Dass Zeit und Raum ein Paar bildeten und vom Bewusstsein abhängig waren, wusste jeder, dass die Zeit relativ ist.

Die längste Sekunde erlebte Clemens bei seinem Sprung vom 10-Meter-Brett. Einmal im Jahr stieg er über die Leiter auf die Plattform hoch, um zu prüfen, ob er sich noch getraute.

Und sprang.

Die Zeit auf Internet-Plattformen, bei YouTube, die Versunkenheit vor dem Bildschirm. Clemens vergaß die Zeit. Es geschah so ungeheuerlich viel, was ihn bedrückte, was ihn umtrieb, und es geschah alles gleichzeitig. Er hatte seinen Kipp-Punkt erreicht.

Sophie fehlte ihm nicht.

Er vermisste Sophie schrecklich.

Er hörte Schüsse.

Im Traum, im Halbschlaf, auf der Straße, vor dem Bildschirm sitzend, die Brille hochgeschoben, den Kopf in die Hände gestützt.

Terroristen landeten mit Paraglidern und johlten, während sie ihre Kalaschnikows leerschossen. Mit Motorrädern jagten sie fliehende Israelis. Blutrünstig. Dass sich Juden unter Leichen versteckten und totstellten, war eine schreckliche Reminiszenz.

Was nahm die Zeit sich heraus?

Was nahm sich die Hamas heraus?

Nichts rechtfertigte ihre Angriffswut.

Wir wollen am Leben bleiben. Unsere Nachbarn würden uns lieber tot sehen. Es waren fünfzig Jahre verstrichen, seit die israelische Ministerpräsidentin Golda Meir das gesagt hatte. Ihre Aussage war noch immer gültig.

*

Clemens hatte den Tag von Sophies Rückkehr in der Agenda angekreuzt, Flugnummer und Uhrzeit notiert. Die Wohnung war picobello, Küche und Bad und die Böden, er war ein verlässlicher Putzmann.

Morgen kommt sie nach Hause.

Clemens stellte Strelitzien in die Vase: orange.

Er bestückte die Früchteschale: rot, gelb, blau.

Er legte Gemüse in den Kühlschrank: grün und braun.

Er besorgte Nüsse, Samen, Tofu, Kartoffeln, Kichererbsen, Linsen, er hakte eine Liste ab, Frischkäse, Magerquark, Honig und die lebenswichtige Hafermilch.

Clemens beschloss, seine Frau am Flughafen abzuholen. Sie wird nahtlos braun sein, geschmeidig und dünn. Der feine Film auf ihrer Haut wird nach Kokosöl riechen. Er stellt sich vor, wie sie mit ihrem Rollkoffer zögerlich auf ihn zukommt und sofort zu reden beginnt, um ihn nicht umarmen zu müssen.

Warum fiel ihm kein besseres Wiedersehen ein?

Er klickte sich durch neue Videos.

Israels Bodenoffensive, ein aufreibender Häuserkampf. Die militärische Taktik war ihm vertraut.

Absichern und Vorrücken.

Einander Feuerschutz bieten.

Clemens kam es vor, als sitze er mit einer Bleiweste vor dem Bildschirm.

Videos bewiesen, dass eine stets verleugnete Zentrale der Hamas tatsächlich unter dem großen Krankenhaus Al Schifa lag. In den fensterlosen Räumen wurden auch Geiseln festgehalten. Das bewiesen die Spuren von Ketten und Fesseln und das zerrissene, mit Blut besudelte Kleid einer Frau.

Ob Sophie den Krieg mitbekommen hatte?

Im Yoga-Camp hatte die Innenwelt Priorität. Wenn Sophie, in welcher Yoga-Position auch immer, ihr Selbst beobachtete, wäre der Nahostkonflikt ein Störfeuer.

*

Um die Mittagszeit machte sich Clemens ein Sandwich und setzte sich zum Essen an den PC. Eine Unart, sagte Sophie. Er verband das gern, ein Sandwich war prädestiniert, um vor dem Bildschirm verzehrt zu werden, man hatte beim Essen immer eine Hand frei für die Maus und die Tastatur.

Sophies Flugzeug könnte in Schwierigkeiten geraten. Das war sein Störfaktor. Sekundenlang saß er reglos da. Die Wahrscheinlichkeit eines Unglücks war gering. Doch in seinem Gedächtnis öffnete sich der Deckel der Keksdose.

1969, 18. Februar.

Eine Boeing 720 der israelischen Fluggesellschaft El Al wartet auf einem Rollweg des Flughafens Zürich Kloten auf das Signal zum Start.

Ein Maschinengewehr knattert.

Kämpfer der *Volksfront zur Befreiung Palästinas* nehmen die Boeing unter Beschuss. Sie feuern auf das Cockpit und werfen Handgranaten. Ein israelischer Sicherheitsmann gelangt über eine Rutsche aufs Rollfeld und tötet einen der Terroristen.

An jenem fatalen Tag war er früh aufgestanden und zum Hallenbad gefahren. Er liebte die Stadt, wenn sie erwachte, wenn sie in die Gänge kam, weil jeder erledigte, was ihm abverlangt wurde.

Clemens schwamm eine Stunde.

Dann ging er zur ETH, frühstückte in der Mensa. Clemens arbeitete an einem Aufsatz mit dem Titel *Wahrscheinlichkeit und Statistik*.

Am Abend saß er in einem Café, las Zeitungen. Verschiedene Blätter, eingeklemmt in einem Zeitungsstock, standen zur Verfügung. Die Wahrscheinlichkeit, dass die NZZ am Ständer hing, war mittelgroß.

Der *Spiegel* lag auf einem Tisch. Er war immer zerfleddert. Darum kaufte Clemens jeden Montag am Kiosk ein Exemplar, es steckte in seiner Ledermappe.

Das Radio unterbrach die Sendung,

ATTENTAT AUF EINE MASCHINE DER EL AL.

Clemens legte die Zeitung auf den Tisch.

Es dauerte ein paar Sekunden, bis er begriff, was er gehört hat. Die vier Attentäter, darunter eine Frau, warteten auf dem Parkplatz am Rollweg-1 auf die Gelegenheit, eine Boeing der El Al anzugreifen.

Über den Ablauf gab es widersprüchliche Aussagen. Ein Mann lag tot im Schnee, das Hemd war ihm hochgerutscht, man sah den nackten Rücken. Die Flughafenpolizei konnte die drei Überlebenden festnehmen.

Clemens hatte Gesprächsbedarf und suchte eine Bar auf. Es war laut. Aber zu seinem Erstaunen wurden andere Themen erörtert, als hätten die Leute gar nicht mitbekommen, was passiert war. Nur wenige teilten seine Aufregung.

Der Bundesrat machte eine öffentliche Mitteilung. Am Radio sagte der Außenminister: *Die besondere Schwere des Attentats liegt darin, dass damit unser neutrales Land zum Schauplatz kriegerischer Auseinandersetzungen gemacht worden ist.*

Presse, Radio und Fernsehen reagierten mit Empörung. Das Weltgeschehen hatte nicht höflich an die Tür geklopft, sondern die Tür gesprengt.

Was hat der Nahostkonflikt mit uns zu tun?

Das ganze Jahr geriet unter den schlechten Stern des arabischen Anschlags. Die zelebrierte Neutralität war kein Schutz. Was den Schutz des Flughafens betraf, war die öffentliche Meinung einstimmig. Eine massive Verstärkung wurde gefordert, und der Einsatz der Armee erwogen.

*

Clemens vertiefte sich in Bücher, belegte Vorlesungen, hielt kluge Referate und schrieb stringente Arbeiten, die es wahrscheinlich machten, dass ihm eine Assistenz angeboten wurde. Statistik passte zu ihm, prägte sein Weltbild. Im Anfang steht die Datenerfassung. Die Methoden zum Umgang mit quantitativen Informationen waren ihm geläufig. Er liebte die Organisation von Datenmengen, komplexe Verteilungen inspirierten ihn.

Überdies schwamm er jeden Tag sein Pensum, war auf Partys beliebt (anregender Typ, guter Tänzer), lernte Frauen kennen, ging ins Kino. Und Clemens war ein Leser. Nun konnte er mit seiner Mutter über Bücher sprechen. Ihr letztes Quartalsbuch (Thornton Wilder: *Die Brücke von San Luis Rey*) hatte sie beide angesprochen. Sie unterhielten sich über Schicksal und Zufall. Seine Mutter fand den Unterschied am Ende unerheblich.

Ist es nicht einerlei?

Wäre die Frage, wer die Schuld trägt, nicht wichtiger?

Die arabischen Attentäter saßen in Untersuchungshaft. Der israelische Sicherheitsmann durfte auf Ehrenwort, dass er zum Prozess in Winterthur erscheine, nach Tel Aviv zurückfliegen.

In den Semesterferien arbeitete Clemens für ein Meinungsforschungs-Institut. Er wertete Fragebögen aus. Um die Lebenskosten niedrig zu halten, ernährte er sich von Schokolade und Bananen.

Er trug Schlaghosen und Hemden mit großen Kragen, die obersten Knöpfe offen, sein Haar war halblang.

Mit Freunden reiste er nach Spanien, Madrid und Valencia, wo er ein paar Tage am Strand verbrachte. Er hatte ein Lehrbuch dabei und war Single.

Im Dezember fand der Prozess statt. Die Attentäter verweigerten jede Aussage. Sie wurden von den Geschworenen für schuldig befunden. Trotz arabischer Drohungen verurteilte der Richter die Palästinenser zu je zwölf Jahren Zuchthaus.

Der israelische Sicherheitsmann, der den vierten Attentäter erschossen hatte, wurde freigesprochen.

Die arabische Presse bewertete das Urteil als Affront: *Der Mörder wurde freigelassen, Unschuldige wurden ins Gefängnis gesteckt.*

Clemens nahm das Urteil mit Befriedigung auf.

Der Vorwurf, die Schweiz habe für Israel Partei ergriffen, schürte die Angst vor Vergeltungsschlägen.

Der Prozessbericht im *Spiegel* schloss vorausahnend: *Das Urteil über die drei Araber kann die Schweiz teuer kommen …*

Am letzten Tag des Jahres veränderte sich sein Leben. Ein Kommilitone, mit dem zusammen Clemens ein Seminar besuchte, lud ihn zu seiner Silvesterparty ein. Dreißig Leute, ich stelle Tische auf. Jeder liefert etwas an. Wir essen und trinken, was auf den Tischen steht. Eine Musikanlage ist vorhanden: Platten und Kassetten erwünscht.

Clemens fuhr gerne da hin, und trotzdem mit gemischten Gefühlen; er hatte keine feste Freundin und wollte auch keine Frau einladen: Silvester ist prädestiniert für falsche Entscheidungen. Obwohl es auch verlockend wäre, an Neujahr neben einer Frau zu erwachen, deren Namen er erst beim Frühstück erfuhr.

Er würde eine Korbflasche Chianti mitbringen und einen Sekt, er würde Leberkäse zum Selberbacken kaufen, frische Brötchen, Senf.

Die letzte Platte, die er gekauft hatte, war *Abbey Road*. Er zögerte, sie mitzunehmen, bestimmt würde sie Kratzer abbekommen. Das mochte er gar nicht und entschied deshalb, eine Kassette mit Songs aufzunehmen, die gut zum Tanzen waren: *Here comes the Sun, I Got You Babe, Get of my Cloud, Spanish Eyes.*

Die Frau, mit der er lebhaft ins Gespräch kam, hieß Sophie. Sie war Lehrerin, unterrichtete eine fünfte Klasse.

Sophie war auch allein zur Party gekommen. Sie lobte den Leberkäse, trank gern Wein. Sie sprach ein wenig zu schnell, als fürchtete sie, langweilig zu wirken, wenn sie ausführlicher wurde oder in die Tiefe ging. Genau dies war ein Thema, sie hegten beide Vorbehalte gegen die Tiefsinnigen. Der Tiefsinn konnte ganz schön dünkelhaft daherkommen.

Gewiss war Sophie eine eigenständige Frau, sie hatte ihren Kopf, wirkte aber auch ein wenig verloren. Sie trug ein blaues Glockenkleid mit einem roten Gürtel. Sie hatte dieselben braunen Augen wie er, doch ihr Haar war hell wie Sand. So kam es ihm vor. Als käme sie aus der Wüste. Was irgendwie auch stimmte. Sie hatte ihr Leben als Singlefrau satt. Sie sei nicht die Glücklichste, räumte sie ein und lachte, ihre Zähne waren sehr weiß und klein.

Zum ersten Mal tanzten sie zu *Spanish Eyes*, da konnte man einander halten. Oder die Frau legte die Hände auf die Schultern des Mannes, der Mann legte die Hände aufs Kreuz der Frau, man konnte enger werden oder auseinandergehen und sich frei bewegen. Zum ersten Mal küsste sie ihn um Mitternacht.

Das Jahr 1970 begann damit, dass er Sophie suchte.

Nachdem sich alle umarmt, auf die Wangen geküsst und sich das Beste gewünscht hatten, verdrückte Sophie ein paar Tränen, bestellte unbemerkt ein Taxi und verschwand.

Clemens war enttäuscht.

Clemens war wütend.

Und registrierte eine seltsame Empfindung. Er scheute sich, sie zu benennen. Als Statistiker überraschte ihn die ungereimte Folgerung, dass die flüchtige Sophie, die er vor fünf Stunden noch nicht einmal gekannt hatte, seine Einmal-im-Leben-Chance war.

*

1970, 21. Februar.

Flughafen Zürich. Am frühen Nachmittag hebt der Flug SR 330 nach Tel Aviv ab.

Nach wenigen Minuten bricht im Frachtraum Feuer aus.

Der Pilot entscheidet, umzukehren, doch der Rauch im Cockpit verhindert die Sicht auf die Instrumente.

Die Maschine driftet nach Westen ab. Das Flugzeug stürzt in ein Waldstück bei Würenlingen. Kurz zuvor verabschiedet sich die Besatzung über Funk. Die Stimme des Piloten ist tränenerstickt: *We are crashing – goodbye everybody – goodbye everybody.*

*

Zwei Monate nach dem Winterthurer Prozess hatte die *Volksfront* den angedrohten Vergeltungsschlag ausgeführt.

Clemens wollte das Attentat nicht wahrhaben.

Auch er hatte nach dem Schuldspruch befürchtet, dass die *Volksfront* ihre Drohungen wahrmachen würden, er war deswegen weniger verblüfft als vor den Kopf gestoßen.

Im Café las er, ein Palästinenser habe die Paketbombe in Frankfurt der Post übergeben. Die Sendung sei für ein Flugzeug der El Al bestimmt gewesen. Dafür gab es keine Beweise. Die Bombe explodierte im Frachtraum des Flugs SR 330 nach Tel Aviv. Der Feuerball war derart zerstörerisch, dass für die Särge der 47 Toten kaum genügend Leichenteile geborgen werden konnten.

*

Inzwischen hatte Clemens Sophie wieder gefunden. Der Kommilitone, der die zukunftsträchtige Silvesterparty ausrichtete, hatte ihm ihre Adresse gegeben.

Clemens schrieb Sophie einen Brief.

Bei der ersten Begegnung hatte er vom Zufall oder vom Schicksal profitiert. Für das zweite Treffen schlug Clemens einen Spaziergang auf den Hausberg der Stadt vor.

Sophie wollte lieber mit der Bahn hochfahren. Auch die Idee, nun auf den Aussichtsturm zu steigen, gefiel ihr nicht. Die Aussicht ist dieselbe wie hier unten, sagte sie. Er war verliebt und gab ihr recht.

Später wird er wissen, dass sie nicht schwindelfrei ist. Mit Bergen und Wanderungen kann man sie nicht locken. Viel lieber durchstöbert sie Flohmärkte.

Der verschneite Wald, Bäume wie verzuckert.

Unten der See.

Schwarz und Weiß, sagt Sophie, darum liebe ich die Winterlandschaft.

Sie trägt ein Armband mit bunten Glasperlen.

Sophie trinkt einen Sherry, er Mineralwasser. Sie verdrückt Mandelstangen, er schaut ihr zu und findet sie umwerfend. Dass er früh am Morgen, wenn sie noch schläft, im Becken des Hallenbads schwimmt, quittiert sie mit einem Lächeln. Sie zieht ein warmes Bad in der Wanne vor, mit viel Schaum und wohlriechenden Ölen.

Im Sommer unternehmen sie eine Italienreise, mit Sophies Auto, einem hellblauen Renault 4.

Clemens liebt es, neben ihr zu sitzen, der Welt beim Vorbeiziehen zuzuschauen. Sophie fährt sicher, scheint immer genügend Zeit zu haben, zwei, drei Sekunden, eine Reserve, als sehe sie alles im Voraus.

Ans Steuer lässt sie ihn nicht.

In der Nacht profitiert sie von seinem Schwimmerkörper. Die Zikaden machen großen Lärm, so dass niemand das Paar hört.

Im Strudel ihrer Verliebtheit verwechseln sie die Namen der Maler und Bildhauer, deren Werke sie in den Museen aneinandergeschmiegt betrachten.

Ganz auf die Sache konzentriert blieb Sophie auf jedem Flohmarkt; sie hatte ein Auge für Schalen, Figuren, Steine und Schmuck, ihre Sammlung wuchs stetig.

In einer Bar verfolgten sie im Fernsehen die erste Mondlandung. Als sich die amerikanische Standarte im Wind bewegte und der Astronaut vor ihr stramm stand, lachte Sophie.

Auch Clemens ging ein Licht auf. Bei der Mondlandung waren sie noch kein Paar gewesen. Sie hatten das Großereignis verpasst und waren nun auf die Wiederholung am ersten Jahrestag hereingefallen.

Sie saßen nebeneinander auf hohen Hockern, ihre Knie berührten sich. Sie tranken Campari Orange, überrascht, wie schnell die Zeit verstrichen war.

*

Früher Nachmittag. Clemens bleiben bis zur Ankunft Sophies noch ein paar Stunden Zeit. Ihr Flugzeug aus Denpasar würde um 18 Uhr landen.

Die Gelegenheit, in eine Kristallkugel zu schauen, um darin statt der Zukunft die Vergangenheit zu entdecken, lockte ihn. Er fuhr in Bülach an der alten Kaserne vorbei und suchte die Panzerpiste von damals.

Er hatte sich in dieser Gegend blind zurechtgefunden. Jeden Strauch hatte er gekannt, jeden Weg und jedes Haus. Er erinnerte sich an eine vorwinterliche Landschaft, die größte Ebene des Landes, die es so nicht mehr gab. Er hatte nichts vergessen, bekam aber nur Restbestände vor Augen. Die Zeit und der Bauboom: Seine Ortskenntnis war veraltet. Auf fünfzig Jahre gerechnet war die Zivilisation nicht beständiger als Wolkenbilder, denen der Wind zusetzte.

Ein Haus, eine Schule, eine Baumgruppe, ein kompakter Hund an der Kette. Ein abgeerntetes Sonnenblumenfeld, aus dem ein Schwarm kleiner Vögel hoch stob. Eine kaum befahrene Kreuzung ohne Ampel. Es gab sie nicht mehr. Die Kreuzung war jetzt ein Kreisel, in den man sich einfädeln musste. geduldig, und überall standen Straßenlampen. In der Realität lachte ihn die Vergänglichkeit aus.

Clemens parkt nah am Flughafenzaun, wo die Air-Spotter mit ihren Kameras mit den riesigen Objektiven warten. Sie haben die Start- und Landezeiten im Kopf, lauern auf bestimmte Maschinen, um Fotos zu schießen, die in ihren Alben noch fehlen.

Er erinnert sich an Novembertage, die er als bewaffneter Soldat in der Umgebung des Flughafens und im Flughafen selbst verbrachte. Die Regierung hatte beschlossen, den Flughafen, alle Pisten und Gebäude, durch die Armee schützen zu lassen.

*

Bevor er losfuhr, um Sophie abzuholen, hatte er ein weiteres Stichwort eingegeben, *Bataillon 46*. Schnell gelangte er zu einer Zeitung, auf deren Titelseite in November 1970 das *Bataillon 46* abgebildet war.

Er zoomte die Aufnahme heran.

Clemens sah sich als junger Soldat in der vordersten Reihe stehen.

Er erhob sich vom Schreibtisch, dehnte das Gymnastikband, wiederholte die Bewegung, bis Arme und Schultern schmerzten.

*

Clemens dachte an den Wachtturm, den sie gebaut hatten, an die Blindlandepiste. Er dachte an die Nächte, wenn die Pisten wie Straßen ohne Ende dalagen, die sie bewaffnet abzugehen oder vom Turm aus mit dem Feldstecher zu beobachten hatten.

Er erinnerte sich an den Nebel, feuchte Schwaden, an die klammen Hände und Füße und das kalte Sturmgewehr mit dem vollen Magazin.

Clemens war sicher, dass er den Ort wiederfinden würde, wo das *zur Abwehr von äußeren oder inneren Gefahren* eingesetzte *Bataillon 46* vereidigt worden war.

*

Zwei Wochen nach ihrer Italienreise, einer glücklichen Zeit für beide, wurde Clemens im Studentenwohnheim ans Flur-Telefon gerufen: Deine Freundin.

Sophie war am Apparat: Weißt du es schon?

Die *Volksfront* hatte erneut zugeschlagen.

Clemens wusste es noch nicht. Und er wusste auch nicht, dass der Nahostkonflikt bald sein eigenes Leben streifen würde.

1970, 6. September.

Eine DC-8 der Swissair wird entführt.

Ein Mann drückt einer Flugbegleiterin die Pistole an den Hals. Eine Frau mit Handgranate dringt ins Cockpit ein. Die entführte Maschine landet statt in New York in Jordanien auf dem Flughafen von Zerqa.

Es kommt zu Verhandlungen. Der Schweizer Bundesrat geht auf die Forderungen der arabischen Terroristen ein. Nach einer Woche Geiselhaft verlassen 165 Passagiere und die Besatzung das Flugzeug.

Nach der Räumung wird die DC-8 gesprengt.

Die in Winterthur verurteilten Attentäter werden aus dem Gefängnis entlassen und nach Kairo ausgeflogen.

*

Clemens kam es vor, als gleite er durch Jahre, durch Zeiten, durch Städte und Landschaften. Er dachte an Sophie, versuchte seine Gefühle zu beobachten.

Was wäre, wenn er die in der Ausbildung für den Nahkampf geübten Hiebe und Stiche mit Spaten und Bajonett wirklich hätte anwenden müssen?

Militärschuhe, Gummisohlen auf polierten Fliesen. Zweiergruppen schritten durch die Hallen. Im Kampfanzug, Helm auf, den Lauf des Gewehrs gegen den Boden gerichtet.

Die Angst, jetzt spürte er sie wieder. Wie auffällig die Tarnfarben des Kampfanzugs waren. Jeder Soldat bot sich als Zielscheibe an.

*

In einer Stunde sollte Sophies Maschine aus Denpasar landen. Er weiß, dass bei der Angabe von Landezeiten eine Stunde auch hundert Minuten haben kann.

Doch die Stunde hat diesmal weniger als sechzig Minuten. Auf dem iPhone sieht Clemens, dass der Flug aus Denpasar gelandet ist.

Er macht sich auf den Weg zum Ausgangsbereich, zu der stets von Wartenden umringten großen Tür, durch die alle Reisenden, die Liebsten und die Fremden, herauskommen.

Sophie winkt ihm zu, sie strahlt.

ERSTE LIEBE

Miriam arbeitet für eine Firma, die Häuser verwaltet. Sie koordiniert die technischen Abläufe, ist Ansprechperson für Hausmeister und Handwerker, die Mieter schreiben ihr Mails, wenn der Spülkasten nicht funktioniert oder die Heizung ausfällt.

Damit verdient sie ihr Geld.

Und Miriam schreibt. Das Schreiben ist aus ihrem Leben nicht wegzudenken. Das ist schon lange so. In einer Anwandlung hat sie sogar den Kurs *Handschrift als Hobby* belegt. Die Schriftart mit dem Namen *Copperlate* zu lernen und zu üben, war befriedigend. Wenn Miriam die Schrift benutzte, erhielt sie stets Komplimente.

Trotzdem wurde das Schreiben langweilig. Sie merkte, dass sie in Schönschrift anders dachte. Die Kalligraphie veränderte ihr Wesen und lähmte die Vorstellungskraft. Die Mönche kamen ihr in den Sinn, die Bücher kopierten und nicht lesen konnten.

Miriam will beim Schreiben zum Kern der Dinge vordringen. Weil es keinen festen Weg dorthin gibt, sondern Wege, die sie selbst anlegen muss, benötigt sie ein Schreibheft. Das Heft ist auch ein Spiegel, die Seiten voller Korrekturen, Kritzeleien, Streichungen, bis das Schreiben allmählich fließend wird.

Dann kommt ein Moment, ein Mischzustand, ein Wissen, das ihr sagt: Jetzt bist du auf der richtigen Spur. Sie wechselt zum Laptop.

Miriam liebt es, vor dem Bildschirm zu sitzen, nachts, wenn das Haus schläft, die Tastatur leuchtet und Wörter auf dem Bildschirm erscheinen. Wenn ihr inneres Meer sichtbar wird.

Miriam hält sich hin und wieder im *Jugendtreff für Senioren* auf. Sie wohnt um die Ecke und schaut vorbei, weil ihr das Café gefällt. Sie ist ein gern gesehener Gast. Niemand missbilligt, dass sie seit einer Stunde am Laptop arbeitet. Keiner schaut sie schräg an, weil sie noch in den Fünfzigern ist. Sie trinkt Kaffee, bestellt ein Glas Wein, isst den Tagesteller, nimmt sich Zeit für ein Gespräch und bleibt, bevor sie geht, vor dem Pinnbrett stehen, um die Anschläge zu lesen. So ist sie zum Workshop gekommen, in dem sie nun sitzt und aufschreiben soll, was ihr zum Stichwort *Erste Liebe* einfällt.

Als Aufgalopp, sagt die Kursleiterin.

Sie hat ein Buch veröffentlicht, Erzählungen, und dafür viel Lob und einen Preis erhalten. Nun leitet sie Workshops in einem regionalen Kurszentrum, wo ihre Schreibgruppe in der Bibliothek sitzt und arbeitet.

Erste Liebe?

Dreißig Minuten.

*

Miriam lebt allein. Ihren früheren Mann hat sie aus den Augen verloren. Der gemeinsame Sohn, Benjamin, spricht am Telefon gelegentlich von seinem Vater, der in Lausanne wohnt und für die UNICEF arbeitet. Vater und Sohn halten Kontakt. Falls das Bedürfnis sich meldet oder das schlechte Gewissen, schreiben sie einander. Miriam sieht Benjamin regelmäßig. Er besucht sie oder sie treffen sich in der Stadt. Bei ihm war sie selten, er lädt sie nicht nach Hause ein, warum auch immer.

*

An Tischen, die hufeisenförmig aufgestellt sind, schreiben sechs Frauen und ein Mann. Der Workshop dauert eine Woche. Sie sitzen da, den Kopf nach vorn gebeugt, als müsste er entleert werden. Schaut Miriam auf, geht ihr Blick auf einen riesigen Baum. Sie sieht in die Krone hinein, ohne die Blätter und Äste zu beachten, senkt den Kopf wieder und fährt fort.

Nach der vereinbarten halben Stunde und einem Blick auf die Uhr pocht die Kursleiterin mit den Fingerknöcheln auf den Tisch. Die Schreibgruppe wird unterbrochen, die Maschine stockt und kommt zum Stillstand.

Nun wird vorgelesen.

Miriam, beginnst du?

Alle Blicke sind auf sie gerichtet.

Miriam ziert sich nicht: *Sybill kommt mir gerade vor die Augen, sie geht zur Haltestelle. Starker Regen. Ich sehe Sybill warten, ihr Gesicht, ihre Gestalt, ich sehe die Straßenbahn, die sich nähert und anhält.*

Die Türen öffnen sich.

Sybill ist verschwunden.

Edita steigt aus.

Auch der Regen ist mit Sybill verschwunden.

Edita ist sommerlich gekleidet, ein schöner Tag.

Miriam blickt in die Runde.

Erste Person Singular, stellt die Kursleiterin fest.

Ja, antwortet Miriam, es scheint mir passend.

Möchte jemand etwas dazu sagen?

Eine der Frauen beginnt zu sprechen.

Nach ihren Ausführungen lächelt Miriam: Stimmt, ich habe Sybill und Edita nicht wirklich bei der Haltestelle gesehen, sondern in meiner Fantasie. Ich beginne eine Geschichte gern mit einem Bild, mit einer Situation, die ich mir vorstelle und dann ausmale.

Wie war das Wetter wirklich?

Oh, ich stand da, war ganz in Gedanken, ich habe das Wetter vergessen.

Alle lachen.

Die Leiterin sagt: Bei einer Erfindung geht es darum, aus nichts etwas zu machen.

Manchmal war Miriam selbst nicht klar, wie viel Erfundenes und wie viel Erlebtes in eine Erzählung einflossen und wie sich das vermischte. Aber es war nicht wichtig, das immer zu wissen. Und es war unvermeidlich, das Leben anderer abzukupfern. Sie kam beim Schreiben nicht darum herum.

Sybill, die verschwindet und den Regen mit sich nimmt, hatte kein Vorbild in der Wirklichkeit. Doch für Edita, die aus der Straßenbahn steigt, galt das nicht.

*

Benjamin hatte Edita fünf Jahre fotografiert. Miriam war der jungen Frau in dieser schwierigen Epoche hin und wieder begegnet. Doch Nähe hatte sie nie empfunden. Miriam fragte sich immer wieder, in welchem Verhältnis ihr Sohn und Edita standen.

Als ihr Sohn und Edita die Schule besuchten, hatte sie das Mädchen gemocht. Die Vierzehnjährige saß oft mit am Tisch. Sie liebte Honigbrote und gebratene Maiskolben. Benjamins Freundin war ein aufgewecktes, eigenwilliges Mädchen.

Von Edita als Frau hatte Miriam vor allem Fotos im Kopf. Sie schwankte zwischen Eifersucht und Fassungslosigkeit. Warum fand ihr Sohn diese Frau anziehend? Edita passte doch nicht zu ihm. Vielleicht hatte er seiner Muttern die Fotos auch deshalb nur ungern gezeigt.

*

Die Frau, die an der Haltestelle aussteigt, ist Edita. In der Geschichte geht sie davon, ohne Miriam zu bemerken.

Edita trägt XL-Kleidung, Jogginghose, Kapuzenpullover, lederne Sneaker mit hohem Schaft. Sie hat eine Sporttasche umgehängt, befindet sich auf dem Weg zum Fitness-Studio. Eine Athletin, man spürt ihre Körperlichkeit, und man spürt, dass sie das weiß und sich gern zeigt. Ihr Gang, wie sie ausschreitet, das coole Outfit: Man soll ihre Muskeln ahnen, man soll sie sich vorstellen.

*

Benjamin war dreizehn gewesen, als er von der Schule nach Hause kam und freudig erzählte, ein neues Mädchen sei in seine Klasse gekommen, Edita.

Ihr Vater war ein ehemaliger Kampfsportler aus dem Kosovo, der nun als Personal Trainer arbeitete. Die Mutter, eine Schweizerin, stach Tattoos.

Nach zwei Jahren gab es Schwierigkeiten, die Benjamin und Miriam nicht durchschauten. Von einem Tag zum anderen zog die Familie Gashi weg. Benjamin und Edita wurden auseinandergerissen.

Miriam erinnert sich, wie bitter die jähe Veränderung

für Benjamin war. Der Junge fühlte sich verlassen und schutzlos. Edita fehlte ihm überall. Zu jener Zeit hatte Miriam dies nicht sehen wollen. Nun sieht sie klar und schreibt in ihr Heft: *Benjamin war fünfzehn Jahre alt. Zum ersten Mal wurde sein Herz gebrochen.*

*

Zehn Jahre später traf Benjamin Edita in Valencia zufällig wieder. Sie waren nun Mitte zwanzig. Er studierte Fotografie und hielt sich deswegen in der Stadt auf. Edita war eine Bodybuilderin und hatte sich für den *Trofeo Reino de Valencia* qualifiziert.

Mit dieser Konstellation will ich arbeiten, sagt Miriam im Workshop. Die Ereignisse liegen ein paar Jahre zurück, doch das ist mein Stoff.

Sie wird vor allem ermuntert.

Eine Frau erhebt Einwände: Was hält dein Sohn davon? Mein Sohn wäre bestimmt nicht begeistert?

Miriam lässt nicht von ihrer Idee ab:

Edita steigt aus.

Edita ist sommerlich gekleidet, ein schöner Tag.

Miriam wechselt die Perspektive, sie spürt, dass sie einen Schritt zurücktreten und die Ich-Form aufgeben und auf dem Laptop weiterschreiben muss.

*

So hatte es angefangen.

Die Schulleiterin brachte ein Mädchen in die Klasse. Dunkles Haar, dünn, aufgeschossen. Die Lehrerin begrüßt sie, legt eine Hand auf ihren Nacken, stellt sie als Edita Gashi vor und sagt: Dort hinten sitzt Benjamin, der Platz neben ihm ist frei, setz dich neben Benjamin, Edita.

Achtung, bissig, ruft ein Schüler.

Edita ist nicht scheu, lacht Benjamin an.

Benjamin war kein auffallender Junge, kein besonderer Schüler, in allem, was er tat, eher linkisch als geschickt. Aber er war freundlich und half Edita, sich am neuen Ort und an der neuen Schule zurechtzufinden. Die beiden mochten einander, erledigten zusammen die Hausaufgaben und waren auch in der Freizeit unzertrennlich.

Als zwei Jungen Benjamin wegen seiner albanischen Freundin hänselten und schubsten, sagte Edita: Lasst ihn in Ruhe. Die Jungen grinsten. Ihr haut wohl besser ab, sagte Edita. Die Jungen schubsten auch sie. Doch Edita war die Tochter eines Kampfsportlers, und das bekamen sie schmerzhaft zu spüren.

Seitdem wagte es keiner mehr, Benjamin anzugehen, Edita, das starke Mädchen, war seine Beschützerin.

Sie hatte grüne Augen.

Sie war seine erste Liebe.

*

In der Mitte des letzten Jahrhunderts war der unberechenbare Fluss, der Valencia durchquerte und immer wieder überschwemmte, trockengelegt worden.

Der Plan, das breite Flussbett für die Stadtautobahn zu nutzen, konnte nicht umgesetzt werden. Die Bevölkerung stellte sich dagegen. Der neu entstandene *Jardin del Turia* war die grüne Lunge der eher baumlosen Stadt und sollte bleiben.

Im Sinne eines touristischen Aufschwungs beauftragte die Regierung den Architekten Calatrava, im beliebten *Jardin* eine *Stadt der Künste und Wissenschaften* zu bauen.

Nun stand die Stadt da. Blendende Bauten. Das technische Tragwerk war sichtbar. Calatravas Vorliebe für weiße Elemente.

Das Areal wurde, wie vorgesehen, ein Touristenmagnet. Alle Besucher und Besucherinnen fotografierten die futuristischen Bauwerke, machten tausend Fotos voneinander und unermüdlich Selfies.

Calatravas Architektur erinnerte an Urtiere, an Skelette oder Meereskreaturen. Umringt von flachen Wasserbecken standen die Bauten da, gigantische Skulpturen. Wie geschaffen für Benjamins fotografisches Vorhaben. Er konnte sich für seine Abschlussarbeit keinen besseren Gegenstand vorstellen.

Er liess sich Zeit für jede einzelne Aufnahme.

Die *Stadt der Künste und Wissenschaften* hatte statt begehbarer Plätze große blaue Bassins. Das Wasser spiegelte den Himmel, die Bauwerke spiegelten sich im Wasser; alles wurde verdoppelt.

Es war spektakulär. Dazu trug auch das Lichtkonzept bei. Wenn die Beleuchtung anging, verwandelte sich die neue Stadt: Ihr Inneres leuchtete, die weißen Skelette der Urtiere strahlten.

Der Weg zwischen Benjamins Hotel und den Architekturen führte durch den *Jardin del Turia*.

Weil er es nicht lassen konnte, fotografierte er eine Hundeausführerin, die berittene Polizei und Kinder auf einer spiralförmigen Rutschbahn. Er war ein Beobachter. Um dabei nicht aufzufallen, fotografierte er aus dem Handgelenk.

Zwei Frauen in Hoodies und Leggins kamen ihm entgegen. Sie beachteten ihn nicht, sie befanden sich, so kam es ihm vor, in einem Kokon.

Benjamin erkannte Edita, er täuschte sich doch nicht, die Dunkelhaarige war Edita, sein Herz begann zu klopfen, er schluckte, die Frauen hatten ihn schon gekreuzt, ohne Blickkontakt. Er drehte sich um, bloß ihre Beine irritierten ihn, Muskelpakete in Leggins.

Er folgte den Frauen.

Sie setzten sich an einen Tisch und entnahmen ihren

Rucksäcken Tupperware-Dosen. Sie öffneten die Deckel und begannen wortlos zu essen.

Benjamin näherte sich und sprach Edita an.

Sie schaute verdutzt auf. In ihren Augen glaubte er, ein Glitzern wahrzunehmen. Sie hatte ihn nicht vergessen. Sie hielt die Gabel in der Hand, öffnete den Mund für den nächsten Bissen – oder kaute schon auf ihren Erinnerungen herum.

Er stand vor zwei athletischen Frauen, deren Nahrungsaufnahme er störte, der Trainerin missfiel das gewiss.

Aber Edita?

Edita beherrschte sich oder verstellte sich, während in Benjamin eine Riesenfreude war.

Edita, was machst denn du hier?

Erst später würde Benjamin begreifen, dass Edita Überraschungen hasste, alles, was ihren Plan gefährdete. Und sie hatte immer einen Plan.

Edita erhob sich nicht, um ihn zu begrüßen. Er stand vor ihr, unverhofft, ungebeten … wie eine falsche Zutat in der Tupperware-Dose.

Benjamin scheute sich, ihr die Hand hinzustrecken, dabei hätte er sie am liebsten umarmt. Doch Edita war eine Rührmichnichtan.

Auf ihren Unterarmen sah er blaue Adern. Sie waren ihm noch nicht bekannt, aber das kleine Muttermal auf dem Handrücken war unverändert.

Die zufällige Begegnung wühlte ihn auf. Sie wirkte wie ein Schlag aufs Herz.

Edita blieb fast beleidigend kontrolliert. Erst als er ihr erzählte, warum er sich in Valencia aufhielt, erklärte sie ihm, was der *Trofeo* war, auf den sie sich vorbereite …

Schön, dich zu sehen. Endlich lächelte sie.

Es war das Lächeln, in das er sich verliebt hatte.

Benjamin gab ihr seine Visitenkarte. Etwas altmodisch, dachte er, aber nützlich. Dann breitete er die Arme aus und entfernte sich. Er ging schnell, er hätte weinen mögen, er hätte jubeln mögen.

Edita war eine Fremde, ihm aber trotzdem vertraut, als besäßen die zehn Jahre, in denen sie einander aus den Augen verloren hatten, keine Gültigkeit.

Edita aß schweigend weiter.

Die Trainerin stellte keine Fragen.

Am frühen Abend schrieb ihm Edita.

Es war ganz eigenartig …

Find ich auch, schrieb er zurück.

Ich wusste gar nicht, was ich denken sollte. Und noch weniger, was ich sagen sollte. Ich bin total auf den Wettkampf fixiert.

Ich würde dich gerne nochmals treffen, bestimmt haben wir einander viel zu erzählen.

Benjamin schlug den *Jardin del Turia* vor.

Abgemacht, schrieb sie, am selben Ort.

Als er sich dem Tisch näherte, saß Edita schon dort. Sie trug eine kurze Hose und ein Muscle-Shirt. Erneut verblüffte ihn ihr Körper. Ein Frauenkörper aus einem ihm noch unbekannten Stoff, aus einer anderen Welt.

Er starrte sie an, glaubte zu erröten.

Edita war es gewohnt, gemustert zu werden, sie genoss es, ein Blickfang zu sein, lachte, stand auf, gab Benjamin die Hand, normaler Druck. Dann schloss sie ihn in die Arme und herzte ihn.

Edita kam bald zur Sache: Ich suche einen Fotografen, der mich begleitet und Bilder und Videos macht. Ich benötige Material für meinen Social Media-Auftritt und Aufnahmen für die Körperkontrolle. Du fotografierst mich einmal im Monat, damit ich sehe, ob ich effizient trainiere und richtig korrigiere, damit ich jeden Muskel bestmöglich darstellen kann.

Sie hatte ein genaues Bild vor Augen.

*

Edita ist eine Künstlerin, schreibt Miriam im Workshop. *Ihr Ziel ist die perfekte Skulptur, sie modelliert ihren Körper.*

*

Benjamin verstand Editas Anliegen und willigte ein. Zumindest redete er sich im Augenblick ein, Edita zu verstehen, aber das würde in dem Ausmass, wie er es nun glaubte, nie der Fall sein.

Edita zog eine Flasche aus dem Rucksack.

Löwenzahn-Tee, sagte sie.

Benjamin erhielt die erste Lektion: Wasser ist das Beste für die Hydration der Körperzellen. Löwenzahn-Tee aktiviert die Entwässerung.

Für eine Bodybuilderin war die Ernährung ein unerschöpfliches Thema.

Ein Kaffee, ein Cortado?

Liegt gerade nicht drin.

Also auch kein Donut?

Edita lacht laut heraus.

Es reizte Benjamin, Edita zu fotografieren, ihren Körper. Wir können einen Test machen, sagte er und schlug die *Stadt der Künste und Wissenschaften* für die Aufnahmen vor. Sie gingen zu Fuß dorthin. Edita benötigte keine Bedenkzeit, sie war von der grandiosen Architektur beeindruckt. Sie sah den skulpturalen Rahmen für ihre eigene Skulptur. Als Fotograf begutachtete Benjamin Edita ohne Scheu. Ihre Skelettmuskulatur erschien prall und voluminös. Er schaute aufs Display, ein vergleichbares Objekt hatte er noch nie vor der Kamera: Eine austrainierte Bodybuilderin stand im Mittelpunkt, und Calatravas fotogene Architektur bildete die Kulisse für ihr Posing. Edita performte zur Probe. Sie hob die Arme, lächelte, und ihre Bizepse verwandelten sich.

Bald würde Benjamin die Namen und die ideale Form sämtlicher Muskeln kennen und Editas wichtigste Begleiterin, die digitale Essenswaage.

Zum Frühstück, nach der ersten Trainingseinheit im Kraftraum, verquirlte Edita 150 Gramm Eiklar mit 30 Gramm Haferflocken und 40 Gramm Proteinpulver. Sie löffelte den Mix, ohne mit der Wimper zu zucken: 332 Kalorien, 3,7 Gramm Fett, 20,5 Gramm Kohlenhydrate, 51,6 Gramm Protein.

Benjamin fotografierte Editas Posing ruhig und genau. Es war eine Choreografie in Zeitlupe. Die Bilder, die er Edita zeigte, gefielen ihr ausnehmend gut, und sie vereinbarten ein zweites, ausführliches Foto-Shooting.

Am Montag, schlug sie vor.

In vier Tagen?

Er machte ein langes Gesicht, stimmte aber zu. Montag war sein Reisetag, er würde umbuchen müssen. Auch sein Hotelzimmer musste er räumen. Benjamin brachte das alles nicht zur Sprache. Ihm war klar: Edita würde nicht einlenken, und er durfte sich die Gelegenheit nicht entgehen lassen. Er wusste nicht genau, was auf ihn zukam. Aber er ahnte, dass es etwas Großes sein würde.

*

Die letzten Tage vor dem Wettkampf musste Edita allein verbringen. Während des Feinschliffs wollte sie nicht sprechen. Sie hatte keine Energie für etwas anderes als ihren Körper, der, wenn alle Prozesse optimal verliefen, mit einer *Nacht der Magie* endete, wie sie es ausdrückte, nach der die Muskel-Glykogenspeicher voll sind, das Wasser in der Muskulatur gehalten wird und das Unterhautwasser so gut wie nicht mehr vorhanden ist. Dann sah Edita mit papierdünner Haut und einem minimalen Körperfettgehalt aus, als wäre sie aus Stein gemeißelt.

*

Während des Wettkampfs war sie die Skulptur Edita Gashi, die sich einer Jury in sieben Posen darbot

Der Ablauf war vorgeschrieben, und nur den Besten gelang es, ihn, trotz der aufgepumpten Muskulatur, mit tänzerischer Anmut auszuführen.

Der *Trofeo* fand in einem bekannten Hotel statt. Benjamin fragte Edita nach dem Namen.

Senator Parque Central Hotel, sagte sie.

Wohnt ihr auch dort?

Ja, sagte sie, der Fitnessbereich ist gut. Viele Teilnehmer und Betreuer haben sich im Hotel eingemietet.

*

Benjamin folgte der Eingebung, im Senator Parque ein Zimmer zu mieten und kaufte auch eine Eintrittskarte für den *Trofeo* vom Samstag.

Im Foyer hielten sich Athletinnen und Athleten auf. Er sah gleich, dass sie nur physisch eine Gruppe bildeten. Die Muskelmasse war eine Gemeinsamkeit und das Tanning der Haut, als gehörten sie einer eigenen Rasse an.

Benjamin war versucht zu fotografieren. Doch das wäre ein Fehler gewesen. Sie würden einen Fotografen gleich entdecken. Er beschränkte sich auf die Beobachtung, darin war er geschult. Vom Schauen konnte er nie genug bekommen, und die Umsetzung in Bilder beschäftigte ihn fortwährend: die Entscheidung für den Bildausschnitt. Er schnitt Bilder aus der Realität, und was aus dem Rahmen fiel, verschwand für immer.

Benjamin betrat den Fitnessbereich, in dem Anwärter auf den *Trofeo* den letzten Kick suchten. Alle hatten ein stabiles Skelett und geschmeidige Gelenke. Es war die Voraussetzung für Torturen mit schweren Gewichten.

Edita war nicht dabei.

Hielte Edita sich im Raum auf, würde Benjamin sie in sein Zentrum rücken. Er selbst wäre in ihrem Blickfeld nicht einmal eine Randerscheinung.

Benjamin machte sich nichts vor.

Das Geräusch der Maschinen nahm er als Ächzen wahr, oder ächzten die Athleten, und die Hantel verursachte bloß das harte Klick, wenn die Stange auf der

Halterung abgesetzt wurde? Die Athleten bewältigten Lasten, unter denen er zusammenbräche. In den Gesichtern rang unbändiger Schmerz mit unbändigem Willen. Der Ausdruck war nicht mehr geschlechtsspezifisch. Nur die Schreie ließen diesbezügliche Zuschreibungen zu.

Benjamin genierte sich, den Trainingsanzug abzulegen. Doch in dem hellen Raum mit Spiegelwänden hatte niemand Augen für einen anderen Körper als den eigenen.

Beim *Trofeo* sah er zum ersten Mal Bodybuilder im Wettstreit. Auch eine Reina de Valencia wurde gekürt.

Benjamin kam sich unter den Zuschauern und Fans wie ein Fremdkörper vor. Sie verstanden etwas von der Materie und waren mit Muskeln gepanzert. Er trieb zwar auch ein bisschen Sport, ging ins Fitness-Studio oder joggte, auch im *Jardin* war er gelaufen, aber es war kein Muss, kein Pflichtfach. Er schwamm gern und hatte sich als geschickter Frisbee-Werfer entpuppt. Sport im Freien war für ihn ein Schönwetter-Vergnügen. Doch Benjamin besaß keine nennenswerte Muskulatur und hatte nie erwogen, dagegen etwas zu unternehmen. Seine Muskeln sprengten keine Knöpfe weg, wenn er sie anspannte.

Dann hatte Edita ihren Auftritt auf der großen Bühne.

Ihre Haut war mit Pro Tan angemalt und schien dünn wie Pergament zu sein, der Bikini glitzerte.

Die pralle Muskulatur gefiel ihm, ihre Wettkampffigur, Edita hatte eine großartige Rückenpartie.

Sie baute sich auf, ihr Lächeln galt der Jury.

Alle Teilnehmerinnen absolvierten dasselbe Programm.

Benjamin merkte sich die Abfolge. Für den direkten Vergleich mussten die Frauen als Gruppe auf die Bühne. Danach versuchte jede als Einzelkämpferin mit ihrem Posing zu glänzen.

Edita verpasste das Finale.

Valencia war ihr erster Wettkampf im Ausland gewesen. Sie war enttäuscht. Doch schon am Sonntag, an dem sie auch wieder frei essen durfte, hatte sie das Ausscheiden bewältigt und sich neue Ziele gesetzt. Nach dem *Trofeo* wusste sie genau, was sie verbessern musste, was zu tun war. Die Benotungen und der Bericht der Jury waren hilfreich. Sie hatte auch die Videos angeschaut, den eigenen Auftritt und die Auftritte der Konkurrentinnen.

Edita schloss einen Pakt mit sich selbst.

Du warst noch nie so schön, sagte die Trainerin.

Beide Frauen weinten vor Freude.

*

Am Montag trafen sich Benjamin und Edita wie vereinbart in der *Stadt der Künste und Wissenschaften*. Edita wusste nicht, dass er im selben Hotel wohnte und den

Trofeo als Zuschauer miterlebt hatte. Als er es ihr sagte, freute sie sich.

Es ist viel zu tun, sagte sie.

Fangen wir an, sagte Benjamin.

Sie zog ihr XL-Trainingszeug aus und posierte im grünen Glitzerbikini und auf durchsichtigen High-Heels.

Nach jeder Position schaute sie das Ergebnis an und wiederholte die Figur, bis sie perfekt war. Sie war streng mit sich. Benjamin überraschte, dass sie jeden Muskel ansteuern und bewegen konnte. Sie beherrschte ihren Körper, und ihr Selbstbild stimmte mit dem Spiegelbild überein. Und irgendwo in ihr drin steckte noch das Mädchen von damals. Benjamin hatte sie wieder gefunden, seine erste Liebe. Ihre Augenfarbe hatte sich nicht verändert.

*

Fünf Jahre später.

Benjamin hatte Edita jeden Monat fotografiert, Wenn in einem Sport-Magazin die Rückenpartien von Bodybuilderinnen abgebildet waren, erkannte er Editas Muskulatur sofort.

Ein Fotograf blickt gern durch sein Objektiv, es tarnt sein Schaulust, die voyeuristische Neigung, und eine Bodybuilderin liebt es, beim Posieren betrachtet zu werden, ohne exhibitionistische Ader würde sie den Sport nicht ausüben.

Diese beiden Neigungen ergänzten einander, darum waren Benjamin und Edita ein erfolgreiches Team. Doch beide blieben im Kreis des anderen die Außenseiter. Wenn Edita mit ihrer Tupperware-Dose aufkreuzte, wirkte es immer befremdlich, sie mied auch Alkohol. Ihre Lebenswelt blieb Benjamins Freunden ein Rätsel, sie schwankten zwischen Neugier und Ablehnung, er musste sich Zweideutigkeiten gefallen lassen, das Unverständnis ertragen. Aber auch bewundernde Blicke blieben nicht aus, Edita war eine attraktive Frau. Erst wenn sie im Wettkampfmodus war und der Fettgehalt ihres Körpers auf fünfzehn Prozent fiel, schieden sich die Geister.

Benjamin hatte kein Problem damit, dass Edita stärker war als er. Auch im Kopf. Bodybuilding war für sie nicht nur ein extremer Sport, sondern ein Lifestyle, und sie hatte kein Interesse an Personen, die nicht körperbewusst lebten. Sie war in allem rigoros.

In ihrer Szene wurde Benjamin respektiert, weil seine Aufnahmen von Edita großartig waren; er fotografierte ausschließlich sie, und das weckte Neid.

Edita passte in kein gängiges Schema. Sie war nichts Klassisches, nichts Normales, sie wollte das auch gar nicht sein, im Gegenteil: Edita entsprach dem Ideal einer Minderheit.

Und sie war eine Diva.

Er liebte sie und liebte sie nicht, sie war seine Freundin

und war es nicht. Zwar lebten sie eine Zeitlang zusammen. Aber es war nicht so, dass sie einander blind verstanden.

Benjamin schlief gern mit ihr, und wenn ein Foto-Shooting zu ihrer Zufriedenheit ausfiel, wenn die Bilder sie glücklich machten, belohnte die selbstverliebte Edita den Fotografen wie berauscht.

Unkompliziert verlief ihr Liebesleben selten. Häufig war es ebenfalls nicht. Editas kolossale Muskulatur war höchst empfindlich und Loslassen nicht ihre Stärke.

Vorsicht, du tust mir weh.

Eine eher beiläufige Bemerkung, Editas Geständnis, dass sie ihren Körper oft gar nicht mehr als etwas sexuell Aktives wahrnehme, sondern als ein Kunstwerk, erwischte Benjamin auf dem linken Fuß. Vielleicht war das der Anfang vom Ende gewesen.

Was den geteilten Tisch betrifft, versuchte Benjamin sich anzupassen, konsumierte viel mehr Protein und probierte Kreatin und reduzierte Zucker und Fett, er nutzte Riegel und Gels und Shots und wurde sichtbar schlanker. Aber nicht glücklicher. Und weil er in Editas Gym Gewichte stemmte, vergrößerte sich seine Muskulatur. Doch aus der Bodybuilder-Perspektive blieb Benjamin ein Spargeltarzan.

Edita lachte ihn nicht aus, es war ihr egal, sie packte das Mehrfache seiner Gewichte auf ihre Hanteln. Ihr fehlte nichts, weil sie sich alles, was sie benötigte, unfehlbar und ohne Zimperlichkeit holte.

Benjamin wiederum störte, dass Edita für nichts zu begeistern war, was dem Muskelkult nicht diente. Sie wollte nicht ins Kino, sie wollte kein Konzert besuchen, sie las kein Buch und betrat keine Ausstellung.

Sie lehnte kulturelle Anlässe nicht ab, sie hatte bloß keine Kraft dafür übrig. Ihr Körper nahm sie ganz und gar in Beschlag. Die Verwandlung der Muskulatur. Benjamin hatte sich nach ihren Bedürfnissen zu richten, nach ihrem Willen. Er beugte sich dem ungeheuerlichen Eigensinn und Egoismus, den sie für sich beanspruchte.

Sie war sich dessen bewusst.

*

In der Zeit, in der sie wie ein Paar lebten, hatte Benjamin kein einziges Mal mit Edita in einem Restaurant gesessen. Das ging ihm ab. Eine rustikale Pizza lag, wie ein Rindsschmorbraten, außerhalb ihrer Ess-Optionen.

Benjamin hatte sich mit Freunden und seiner Mutter zum Essen im Restaurant verabreden müssen.

Er wünschte sich das mit einer Frau …

Editas Nahrungsaufnahme und Kalorienzufuhr war pingelig strukturiert von 500 bis 4000 Kalorien pro Tag, je nach Phase: Aufbau (4000), da konnte er noch mitfuttern, Diät (500) da musste er sich leider ausklinken.

Sie gab Hähnchenbrust mit Ananas und Kreatin in den Mixer.

Benjamin hatte die Tabletten und Kapseln gezählt, die Edita täglich schluckte, um ihren Wasser- und Elektrolythaushalt einzustellen. Sein Fazit, sie manipuliere ihren Körper, löste bei ihr nur Unverständnis aus.

Ja, klar, warum denn nicht?

Wo liegt das Problem?

Sie manipulierte auch ihn.

Benjamin folgte Edita durch den genormten Alltag. Ihre Konsequenz, ihre Härte, ihre Stärke, ihre Disziplin zermürbten ihn. Es gab in ihrem Universum keinen Freiraum für ihn. Alles hatte sich ihrem vermessenen Ziel unterzuordnen.

Benjamin war Editas Partner, doch das, was sie ihren *Lifestyle* nannte, mochte er nicht länger mit ihr teilen. Er wollte diesen Weg nicht weiter gehen.

Er sagte ihr das.

Für Edita war Kontrollverlustpanik das Schlimmste. Nun stand sie davor. Die Panik trat meistens nach der Entladungs- und Entwässerungsphase auf, wenn sie sich tödlich dünn und flach fühlte und argwöhnte, jeder Muskel sei ein Hautsack, leer, leer, leer.

Das höchste Glücksgefühl wiederum, besser als ein Orgasmus, erlebte sie, wenn die Muskeln maximal voll waren mit neu aufgeladenem Glykogen.

Und nun verlor sie ihren Fotografen.

Die Trennung war ein Störfall.

Und als müsste sie Tabula Rasa machen, trennte sich Edita auch von ihrer Trainerin.

*

Miriam brütet täglich über ihrer Erzählung. Inzwischen ist es Winter geworden. Ihr Schreiben stockt, sie fabriziert Text statt einer ergreifenden Geschichte.

Dann erzählt sie ihrem Sohn von ihrem Projekt.

Das ist ein Fehler.

Benjamin will davon nichts wissen, er lässt sie abblitzen und nennt ihr Schreiben *Geschreibsel.*

Es ist doch bloß eine Erzählung, Fiktion, versucht Miriam ihn zu besänftigen.

Benjamin ist genervt von Miriams Ansinnen. Er geht nicht auf ihre Fragerei ein. Er will die Spekulationen seiner Mutter nicht beglaubigen.

Miriam versteht die Welt nicht mehr.

Ihr Sohn schreit sie an: Ich erlaube dir nicht, mein Leben als Stoff zu benutzen.

Seine Mutter war immer gegen Edita. Sie akzeptierte die Bodybuilderin nie. Ohne dass sie es aussprach, war klar, dass sie die Beziehung für eine Mesalliance hielt.

Benjamins große Liebe scheiterte an den Umständen.

Trotzdem möchte er seine Erinnerung an die gemeinsame Lebenszeit mit Edita bewahren.

Zuallerletzt möchte er seiner Mutter im Nachhinein Recht geben.

Ihr wissendes Lächeln ertrüge er nicht.

*

Nach einigen weiteren Anläufen, die Erzählung trotz allem zu Ende zu schreiben, gibt Miriam auf.

*

Edita schafft es, sich für *Ms. Olympia* in Las Vegas zu qualifizieren und erreicht, im wichtigsten Wettkampf der Welt, das Finale.

Es ist der glücklichste Tag ihres Lebens.

Ihres bisherigen Lebens.

Das neue Ziel ist, in zwei Jahren in Las Vegas *Ms. Olympia* zu werden.

EINE KURZE GESCHICHTE

Bei schönem Wetter auf dem Vorplatz seines Apartments, bei schlechtem Wetter im Raum: Zeno Haussmann turnte jeden Morgen seine Übungen. Der alte Mann dehnte sich, beugte sich, ging in die Hocke, ruderte mit den Armen und schloss das Programm mit kleinen Hüpfern ab.

Zeno stöhnte, er war munter.

Ein Flamingo tanzt, dachte er.

Vor ein paar Jahren noch waren seine Hüpfer übermütige Sprünge gewesen, bei denen er mit den Händen die Zimmerdecke erreichte.

Das ist Vergangenheit.

Mit einem anderen Bewohner der Residenz darüber zu sprechen, was die leidige Tatsache, nicht mehr an die Decke springen zu können, bei ihm ausgelöst hatte, fand er zu persönlich. Er kannte niemanden, dem er diese Schwäche verraten mochte. Warum er, ein alter Mann, einem albernen Sprung hinterhertrauerte.

Auf seine strategische Stärke im Brettspiel Go hatte der Mangel an Sprungkraft keine Auswirkung. Beim Go fühlte Zeno sich wie ein Mauersegler, der höher stieg, als das Auge reichte, und mit ausgebreiteten Flügeln im Himmelsgewölbe kreiste.

In seinen Siebzigern war Zeno noch sportlich genug, um mit der Zimmerdecke abzuklatschen. Trotzdem war er in diesen Jahren mit seinem Leben weniger einverstanden gewesen, er hatte Phasen durchlitten, in denen er voller Groll war und Dinge bereute … was nun nicht mehr der Fall war.

Ein Mann seines Alters war darin geübt, schmerzliche Vorfälle aus seinen Gedanken zu vertreiben.

Doch der Sprung ging ihm ab.

Er erinnerte sich an den Anschlag der Hände. Ein beglückender Schmerz. Die Empfindung war in den Fingerspitzen gespeichert. Der robuste Sprung hatte ihn glücklich gemacht, es war befreiend gewesen, an die Decke zu gehen.

Als Zeno von einem Tag auf den anderen den Absprung nicht mehr wagte, glaubte er, sein Körper sei ohne seine Einwilligung in eine fremde Haut gesteckt worden. Das Versagen kränkte seine Eitelkeit. So mies musste sich ein Basketballspieler fühlen, wenn er keinen Dunking mehr schaffte.

Es noch einmal schaffen zu wollen, wäre zwar vermessen, aber genau diesen Akt stellte Zeno sich vor. In seiner Fantasie sprang er ab, stieg er hoch, berührte die Decke, genoss das Glücksgefühl, während die Schwerkraft ihn schon auf den Boden zurückholte.

Zeno machte sich nichts vor.

Älterwerden bedeutete Wenigerwerden.

Älterwerden machte die Emotionen flacher und verminderte den Mut und den Willen.

Es waren dunkle Gedanken, sie kündeten von Verlusten und Niedergang. Der Körper erreichte ein neues Gewicht, obwohl die Waage es nicht anzeigte. Die Veränderung jagte ihm Angst ein. Wie die Träume vom Fliegen. Das Fliegen mochte zwar toll sein: Aber du musst auch wieder herunter.

Er nahm einen Cannabis-Kaugummi.

Sobald das Gehirn porös wird, flüsterte seine innere Stimme und lenkte ihn auf die rätselhaften Wurmlöcher im Universum, wird das Leben ein unzuverlässiger Fahrstuhl, der willkürlich anhält und dich auf Stockwerken ausspuckt, wo dir nichts vertraut erscheint oder auch nur einigermaßen bekannt vorkommt.

Das asiatische Spiel *Go*, die tägliche körperliche Ertüchtigung und dass er kein Aufheben um seine Person machte, hoben Zeno vom lustlosen Mittelfeld in der Residenz ab. Die Senioren und Seniorinnen erinnerten ihn an Puppen, die ihre Knie nicht beugen konnten. Sie trippelten, statt zu gehen, sie schnauften, statt zu atmen. Sie konnten besser ächzen als singen. Jeder Gang war eine Verschiebung. Sie glaubten, der Boden unter ihren Füßen sei ein tückisches Rollband. Sie glaubten, alles drehe sich um sie.

Davon wurde ihnen schwindlig.

Springen würden sie nur dem Tod von der Schippe.

Wenn Zeno Haussmann ins Sinnieren geriet, nahm er die Zeit nicht als ein dauerndes Voranschreiten wahr. Er sah seine Zeit als eine Wasserstelle, die austrocknete, und er konnte das Philosophieren nicht lassen.

Warum tust du bestimmte Dinge nicht?

Wovor hast du Angst?

Wie geht es weiter?

Du kannst nichts ungeschehen machen.

Go. Das Spielbrett besteht aus einem Raster von 19 horizontalen und 19 vertikalen Linien, was 361 Schnittpunkte ergibt. Gespielt wird mit 191 schwarzen und 190 weißen Steinen.

Es roch nach frisch gemähtem Gras.

Nach dem Frühsport duschte Zeno, rasierte sich und zog sich sorgfältig an. Ohne fremde Hilfe. Jeden Tag saubere Wäsche, ein frisches Hemd. Er bevorzugte helle Anzüge und lief am liebsten in Budapester-Schuhen durch die Gegend.

Sein Apartment war geräumig (zwei Zimmer, Kochnische, Bad). Er hatte es gepflegt eingerichtet. Ein Tisch mit Stühlen, ein Ledersessel, ein kleiner Schrank mit CDs und Platten (*Neil Young, The Who, The Doors*), ein

Bücherregal (Literatur über *Go*, Sachbücher, Romane, ein zwanzigbändiges dtv-Brockhaus-Lexikon).

Wenn er die Augen schloss, konnte er sich durch alle Häuser klicken, in denen er einst gelebt hatte. Nun wohnte er in der Residenz. Auf dem Boden lagen chinesische Teppiche. An einer freien Wand hing ein farbiges Gemälde. Zeno nannte es *mein Blumenbild*, es war eine freie Malerei mit impressionistischer Anmutung. Er hatte es schon lange nicht mehr wirklich angeschaut, aber es war in seinem Kopf zugegen, als verweilte er täglich davor.

Zeno schaltete das Radio ein, frühstückte. Zuerst leerte er ein Glas Wasser mit einem Löffel Apfelessig. Er schüttelte sich genüsslich. Dann schälte er eine Banane. Nun kam der Zuckerkick. Er liebte es. Niemanden ging es etwas an, dass er nun fünf gekochte Eier verdrückte und schwarzen Kaffee ohne Zucker und Milch trank.

Auf seine Kleidung legte er Wert, auf das Bild, das er abgab. Zeno liebte Accessoires. Ringe, Armbänder und Gürtel mit ungewöhnlichen Schnallen. Er trug gern eine Cap der Chicago Bulls. Alte Männer mit teigigen Gesichtern, die in ausgebeulten Trainerhosen herumliefen, fand er abstoßend.

Zeno war ein reinlicher Mensch. Wenn er beim Essen aus Unachtsamkeit kleckerte oder weil seine Hand zitterte, was vorkam, seit er nicht mehr an die Decke springen konnte, war der Tag verdorben.

Vor der Tür zu seinem Apartment straffte er sein Rückgrat und pfiff durch die Finger. Er pfiff und winkte dem jungen Mann im grauen Overall, der auf dem Mäher saß und den Rasen schnitt, langsam und schnurgerade, Bahn nach Bahn.

*

Der Duft (den alle liebten) und der beim Rasenmähen unvermeidliche Lärm (der alle nervte), lockte Helen Weiss auf den Balkon. Ihr Weg vom Sessel im Zimmer nach draußen war dank des schnurlosen Kopfhörers möglich. Sie legte ihn zurück, ohne von Elvis getrennt zu werden, von seiner betörenden Stimme.

It's Now Or Never.

Sie lächelte.

Ihr Lächeln galt dem jungen Mann auf dem Mäher. Er trug auch einen Kopfhörer. Helen war versucht, ihm zu winken, ja, eine Kusshand würde sie ihm am liebsten senden, obwohl er, vollkommen auf die Arbeit konzentriert, sie gewiss nicht bemerkte, eine alte schmächtige Frau. Leider hatte er nie die Chance erhalten, ihre klasse Beine zu bewundern, in den späten Fünfzigern, in den jungen Sechzigern, als er noch hinterm Mond zu Hause war.

*

Damit ihm nichts anderes als Gras unter die Messer geriet, hatte Sari den Rasen vor dem Start abgeschritten.

Ein großes Feld. Fremdkörper beschädigten die empfindlichen Klingen, und in der Umgebung trieben sich Katzen herum, auch Kätzchen.

Im Overall sah der Mann sportlich aus. Das war er auch. Und groß gewachsen. Eine ansehnliche Gestalt. Schwarzes Haar und eine von der Arbeit im Freien gebräunte Haut.

*

Er machte seinen Job gut. Helen konnte es beurteilen. Der weitläufige Rasen war satt und ohne Filz. Helen war gelernte Gärtnerin und Hausfrau. Gewesen. Aufgewachsen auf dem Land. Ihre Eltern hatten den Dorfladen geführt; nun war er eine VOLG-Filiale. Ihr Mann war Steuerberater gewesen. Helen hatte auf einer Blumenfarm gearbeitet – nun ein Golfplatz.

Den Beruf hatte sie aufgegeben. Das Wissen war geblieben: Frisch gemähtes Gras verströmt cis-3-Hexenol. Der typische Duft bildet sich beim Schnitt. Wenn das Gras verletzt wird. Der Rasen rief allerdings nicht um Hilfe, cis-3-Hexenol aktivierte den Wundheilungsprozess.

Am Tag ihres Eintritts in die Residenz, als die Familie sich wortreich zerstreut und sie zurückgelassen hatte, wurde sie von entsetzlicher Angst heimgesucht. In diesem labyrinthischen Haus, das fortan ihr Zuhause sein sollte, war alles leise, dosiert, gedämpft, wattiert.

Damit die fremde Umgebung heiter wirkte, musste Helen Aufheller schlucken. Nachts leuchtete der Mond in ihr Zimmer. In den Schatten an den Wänden erkannte sie scherenartige Gesichter, ihre Toten.

Sie erlebte die Residenz als Strafe, wusste jedoch nicht, wofür sie bestraft wurde.

Es war Schicksal.

Das machte sie traurig und gallig. Ihre Seele klang wie eine falsch gestimmte Gitarre.

Die Songs von Elvis waren der einzige feste Wert in ihrem Leben, die Songs würden sich niemals ändern, sie waren auf Platten gepresst. Auch die starken Gefühle, die Elvis' Gesang in ihr weckte, blieben unveränderlich. Alles andere verlor sein Wesen. Aus dicht wurde schwer. Das Körpergewebe wurde weich.

Der Horizont rückte näher.

Als Kind hatte sie es geliebt, kleine Filme rückwärts laufen zu lassen. Nun haderte sie mit dem Gesetz, dass sie nicht rückwärts leben konnte. Bis ihr eines Nachts, als das Schlafmittel nicht wirkte, ein Bild aus einem Comic in den Sinn kam, das Gesicht einer Frau, die große Augen machte, daneben eine Glühbirne. Helen stand auf, zog den Morgenmantel an, verließ barfuß ihr Zimmer. Dabei löste sie den Bewegungsmelder aus, der den Piepser der Nachtwache aktivierte, und schon kam ihr eine junge Frau entgegengeeilt, geräuschlos auf Gummisohlen.

Frau Weiss, ist etwas nicht in Ordnung?

Helen wurde zurück ins Bett begleitet, bekam eine Tasse Tee und nochmals eine Schlaftablette und eine kleine Beruhigungspille. Die Nachtwache setzte sich zu ihr, beschwichtigte sie und hielt ihre Hand.

Nein, nein, Sie sind hier nicht allein.

In den folgenden Tagen weinte sie ständig, sie konnte damit nicht aufhören. Sie saß in ihrem Zimmer mit den Möbeln aus einem früheren Leben. Ein hässliches Chesterfield-Sofa, ein zu hoher antiker Schreibtisch aus Kastanienholz, ein blinder Spiegel mit einem vergoldeten Rahmen, eine alte englische Standuhr. Viel Plunder und Nippes. Sie kam sich wie in einem Museum vor. Sie selbst war ein Museumsstück. Sie sollte neue Möbel anschaffen, moderne.

Warum standen diese alten Bücher in ihrem Regal? *Und Jimmy ging zum Regenbogen. Die Clique, Das Tal der Puppen, Love-Story.*

Warum nur hatte sie all den Kram in die Residenz bringen lassen? Dazu kam das Depot im Kopf, eine zweifelhafte Ansammlung. Es war zu viel Ballast für sie. Zu viele lose Enden, die sich nicht verknüpfen ließen – oder die verkehrt verknüpft waren.

Bei einem Schnelldurchlauf durch ihr Leben ging ihr ein Licht auf. In diesem Licht musste sie feststellen, dass ihre Erinnerungen Fälschungen waren. Sie hatte die Vergangenheit korrigiert, als würde sie von einem Drang zur Verleugnung geleitet.

Helen, du färbst dir dein früheres Leben schön.

Aber warum?

Weil sich doch alles gelohnt haben muss, weil du alles richtig gemacht haben willst, weil du in der Residenz toll dastehen möchtest.

Weil jeder eine Lebenslüge benötigt.

Die perfekte Helen.

Als junge Frau hatte sie sich ausgemalt, in einem Cadillac entlang der Abbruchkante des Grand Canyon nach Las Vegas zu fahren und Autoradio zu hören, Elvis: *You may go to college, you may go to school, you may have a pink cadillac, but don't be nobody's fool.*

Zum Glück ließ die Zeit sich nicht zurückdrehen. Seit Helen ein Licht aufgegangen ist, möchte sie gar nicht mehr zurück. Die Arbeit in der Gärtnerei, im Büro und auf dem Feld, war ein Knochenjob gewesen. Ihre Ehe ein schlecht getarntes Unglück. Die Kinder schienen sie vergessen zu haben.

In der Residenz ging es ihr richtig gut. Noch nie war sie so frei gewesen. Sie musste sich um nichts mehr kümmern, verbrachte den Tag nach Lust und Laune, sie musste nie mehr einkaufen, nie mehr kochen und keine Wäsche mehr waschen, sie musste nie mehr Hemden bügeln und war für keine Blumenfelder und keinen

Haushalt mehr zuständig, für keine undankbare Familie. Helen war aus der Verantwortung. Herrlich. Sie musste sich nicht einmal mehr um das Grab ihres Mannes kümmern. Endlich durfte sie die ganze Aufmerksamkeit den eigenen Bedürfnissen widmen.

It's Now Or Never.

Sie hatte Elvis Presley mit zwanzig am Radio gehört. Da war sie todtraurig gewesen. Er rettete Helen. Sie sah ihn im Kino, kaufte seine Platten und tanzte Rock'n'Roll.

Genau diese Geschichte teilte Helen mit einigen der Frauen in der Residenz. Sie waren rebellische Töchter gewesen, aufmüpfig. Verboten jung. Sie waren wilde Frauen gewesen. Ständig auf der Hut, damit sie nicht wegen einer Schwangerschaft mit Rock'n'Roll aufhören und heiraten mussten.

Leider hatten die alten Frauen die aufregende Zeit aus ihrem Gedächtnis gestrichen und glaubten, immer brave Mädchen gewesen zu sein. Als wäre das ein Verdienst. Doch sie hatten wegen Elvis hyperventiliert und gekreischt. Mit fliegenden Röcken waren sie zu ihm übergelaufen. Um dann trotzdem zu früh Ehefrauen und Mütter zu werden.

Nun wirkten sie nicht mehr so frisch, spielten am liebsten *Die Siedler von Catan*. Unförmige Beinpaare unter dem Tisch, die manchmal zuckten, weil die Synapsen zum Rock'n'Roll nicht gekappt waren und die Füße nicht vergessen konnten, was ihre Inhaberinnen verdrängt hatten.

Beim Mittagessen im Speisesaal saß Helen Weiss am selben Tisch wie Zeno Haussmann. Es war ihr aufgefallen, dass er seit Neuem eine Stoffserviette auf den Schoss legte. Ängstlich vermied er Tomatensauce, Salatsaucen, farbige Saucen überhaupt, und für den herzhaften Biss in einen saftigen weißen Pfirsich fehlte ihm der Mut.

Als Helen Weiss die Anregung machte, den Geburtstag von Elvis Presley mit einer Party zu feiern, löste sie nur eine verhaltene Zustimmung aus. Es gab mehr Vorbehalte. Ein Dilemma, das sich in der Residenz gewöhnlich zu Gunsten des Nichtstuns auflöste.

Zeno Haussmann war begeistert.

Seine Favoriten waren Neil Young und The Who. Doch er mochte auch Elvis und bot an, eine Anlage zu mieten, um Karaoke zu singen.

Der Vorschlag kam bei Helen nicht gut an.

Karaoke? Sind Sie wahnsinnig geworden? Nur Elvis kann Elvis singen, Karaoke mit Songs von Elvis Presley ist Gotteslästerung.

*

Der Mann in grauen Overall hieß Sari Lauper. Er war der Hausmeister, der Facility Manager. Er machte sich über die Bezeichnung keinen Kopf. Sari war verantwortlich für die Normalität. Du öffnest den Wasserhahn und Wasser schießt heraus, du betätigst den Lichtschalter, die Lampe geht an, und selbstverständlich ist der Rasen perfekt geschnitten.

Es gab Menschen, die Tiere verstanden und sich mit ihnen besprachen. Sari verstand Maschinen. Es gab nichts, das er nicht zerlegen, reparieren und wieder zusammenbauen konnte. Das war schon immer so gewesen. Sari fiel nichts ein, das ihm in seinem Leben schwergefallen wäre. In der Schule, in der Ausbildung, im Sport: Sari war immer bei den besten. Das machte ihn auf eine seltsame Weise unantastbar.

Nur – der Beste war er nie.

Was ihn weiter nicht behelligte.

Sari warf keinen strengen Blick auf die Welt. Er war als Mensch geerdet, sein Leben hatte Struktur, der Beruf war auf ihn zugeschnitten. Es ereignete sich nichts Großartiges. Doch alles war schwer in Ordnung.

Einzig die Liebe bereitete ihm Kopfzerbrechen.

Saris Jahrgangskameraden hatten Familie. Die meisten Jungs waren im Umkreis von zwanzig Kilometern hängengeblieben, einige der Mädchen jedoch weit weggezogen und in den Ländern ihrer Männer heimisch geworden. Ihre Kinder sprachen schwedisch, französisch, englisch, niederländisch. An den Klassentreffen bildeten die ausgewanderten Frauen einen Schwerpunkt. Sie hatten andere Erfahrungen gemacht, ein spezielles Wissen, ein besonderes Lächeln. Sie erzählten gern. Nicht ganz ohne Herablassung. Manchmal sogar mit einem Akzent, als hätten sie auch die Muttersprache hinter sich gelassen.

Sari Lauper lebte schon in der Stadt, als die Residenz noch nicht einmal ein Projekt war und das Bauland ein holpriges Fußballfeld. Er war hier geboren worden. Manchmal fühlte er sich gedrängt, seine Sesshaftigkeit zu rechtfertigen, das Leben, das er führte, als sei es ein Sakrileg, dageblieben zu sein. Sein Leben gefiel ihm. Jeden Tag freute er sich auf die Arbeit. In der Residenz war er ein beliebter Mitarbeiter. Seine Freizeit hatte Eckpfeiler. Am Dienstag Badminton, am Donnerstag Jogging, an seinem freien Tag Go mit Zeno Haussmann, im Sommer Schwimmen im Fluss.

Natürlich hatte er im Urlaub fremde Städte besucht und in blauen Meeren gebadet. Doch er hatte nie ernsthaft erwogen, umzuziehen. Warum sollte er an einem anderen Ort leben? Warum sollte er das wollen?

Zeno Haussmann hatte recht: Das, was man nicht tut, unterlässt man oft aus guten Gründen.

Ist ein dermaßen geregeltes Leben auf Dauer nicht langweilig? hatte seine Freundin gefragt und eine Schnute gezogen, die ihr Missfallen spiegelte.

Auf Dauer? Was meinte sie damit? Jede Form von Sicherheit konnte sich unvermittelt in Nichts auflösen.

Er lud sie zu einem Besuch der Residenz ein.

Sie wollte die Residenz nicht betreten.

Dort leben ausschließlich alte Menschen. Sagte sie. Die Gehgeschwindigkeit beträgt höchstens zehn Meter pro Minute. Überall stehen Container voller Vergangenheitsgerümpel. Rund zwölftausendvierhundert Lebensjahre sind unter einem Dach versammelt.

Berauschend ist das nicht, schloss sie und lachte.

Er lachte nicht mit.

Sari trennte sich von ihr. Er kam ihr zuvor. Beide waren erleichtert und enttäuscht. Sie hatten eigentlich nichts falsch gemacht. Es stellte sich bloß heraus, dass sie andere Erwartungen hatten, andere Lebensziele. Eine andere Haltung.

Die erotische Anziehung war die einzige Übereinstimmung gewesen.

Die Wohnung in der historischen Oberstadt, an der Sternengasse, gehörte Sari. In den Sandsteinbogen über der Tür aus dunklem Eichenholz war die Jahreszahl 1657 eingemeißelt. Das Wohnhaus wurde mit Akribie instandgehalten, es war inzwischen sogar klimaneutral. Bei offenem Fenster hörte Sari den Fluss. Besonders in der Nacht liebte er das Geräusch. Ein Leben ohne das Strömen und Rauschen, das fortwährend da war, wie sein Herzschlag, fiele ihm ungemein schwer.

Sari war achtunddreißig.

Als er einmal Spaghetti mit Trüffelsauce aß, kam es ihm vor, als lache ihn der geliebte Fluss aus und verhöhne ihn: Mach dich mal auf die Socken, Stubenhocker, Heimwehkind.

Ähnliche Anwandlungen übermannten ihn beim Lesen. Er steckte immer in einer Geschichte drin und verließ das Haus niemals ohne ein Buch in der Tasche. Wenn ihn jemand fragte, was er lese, zeigte er ihm den Titel, und wer wissen wollte, warum, bekam ein Lächeln zur Antwort.

Sari hatte sich nach dem zehnten Schuljahr zum Polymechaniker ausbilden lassen und einen Abschluss hingelegt, der ihn zum Studium an einer Fachhochschule berechtigte. Bisher nutzte er diese Möglichkeit nicht. Sein Kopf arbeitete am besten, wenn auch die Hände mitdachten.

Ein Rollstuhl hat einen Achsenbruch, Sari richtet ihn. Im dritten Stock streikt die Klimaanlage. Sari bringt das in Ordnung. Sari Lauper ist der Mann für alles Praktische, er kümmert sich um das Drumherum, um die verflixten Details, um alles Technische und Digitale.

Beim Eintritt eines neuen Bewohners war er anwesend, beim Austritt ebenso. Er rief den Pfarrer herbei, der die Sünden vergab, informierte den Arzt, der den Totenschein ausstellte, er half beim Hochbinden des Kinns, damit der Verstorbene nicht mit offenem Mund dalag, er fasste mit an, wenn die Leiche in den Sarg gehievt wurde.

Wenn in ihrem Alltag etwas nicht funktionierte, verloren die Bewohner den Glauben an die Residenz. Das Mangelhafte erinnerte sie an den eigenen Körper, dem sie auch nicht mehr trauten. Sari wusste das, es war ein Ansporn für ihn. Die Residenz war eine Maschinerie, alles musste lautlos ineinandergreifen.

*

Sari spielte seit zwei Jahren *Go*.

Zeno Haussmann hatte ihn zu einem Versuch überredetet, und das Spiel hatte Sari nicht mehr losgelassen.

Jeden Mittwochabend klopft Sari an Zenos Tür.

Das *Go*-Brett liegt auf dem Spieltisch.

Zeno öffnet für sich einen Wein. Vom Lieferdienst lässt er Pizza für beide und zwei Dosen Bier für Sari kommen.

Bei einem seiner Besuche fällt Sari ein Buch auf. Es liegt auf dem Tisch, es gehört in die Lücke im Schuber des zwanzigbändigen dtv-Brockhaus-Lexikons.

Er will den Band in die Hand nehmen, doch Zeno kommt ihm zuvor und stellt ihn ins Regal zurück. Als sei es wichtig, Sari davon abzulenken, sagt er: Sie sind doch ein Sportler, Sari, gewiss könnten Sie an die Decke springen.

Sari fragt: Wollen Sie mich auf den Arm nehmen?

Zeno todernst: Könnten Sie doch?

Sari glaubt, Zeno mache einen Witz.

Zeno: Los.

Mit einer fließenden Bewegung springt Sari aus dem Stuhl hoch und klatscht die Hände gegen die Zimmerdecke. Wegen des Schwungs kippt der Stuhl nach hinten. Lachend stellt Sari ihn wieder auf.

Zeno erhebt sich wie in Trance, legt den Kopf in den Nacken und schaut zur Decke, als hätten Saris Hände dort oben einen Abdruck hinterlassen.

Zeno setzt sich wieder, er muss sich zurückhalten, um nicht auch zu springen. Bleib besonnen. Er ist ganz außer sich, als hätte er einen Hoffnungsschimmer erblickt, einen leuchtenden Stern an der Zimmerdecke.

In dieser Stimmung zieht Zeno den soeben weggeräumten Band wieder aus dem Brockhaus-Schuber und legt ihn auf den Tisch.

Sari wundert sich.

Zeno öffnet das Buch und zeigt Sari eine darin aufbewahrte Briefmarke.

Er darf sie nicht berühren.

Zeno erzählt die Geschichte des begehrten Sammlerstücks.

Zwischen den Männern liegen fünfzig Jahre. Zeno hat sie schon gelebt, Sari hat sie noch vor sich. Darum würden beide zögern, wenn sie gefragt würden, ob sie

Freunde seien. Doch es spielt keine Rolle, sie mögen einander, ihr Verhältnis ähnelt der gar nicht seltenen Seelenverwandtschaft zwischen Enkel und Großvater.

Die Go-Regeln sind einfach, du lernst sie in zehn Minuten, aber. Jetzt lacht Zeno: Ich spiele seit sechzig Jahren, ganz durch bist du mit Go nie.

Der Spieler mit den schwarzen Steinen fängt an.

Sari spielt schlecht, der ungenierte Sprung, mit dem er sich selbst überrascht hat, beschäftigt ihn. Außerdem geht ihm die alte Briefmarke nicht aus dem Kopf, die australische *Four Pence*.

Ein seltener Fehldruck, erklärte Zeno.

Sind Sie Sammler, fragte Sari.

Nein, lachte Zeno, ich bin ein Liebhaber. Ich besitze nur eine einzige Briefmarke, aber ich bin verliebt in sie.

*

In der Residenz wohnen einhundertvierundfünfzig Personen. Der Altersschnitt ist sechsundachtzig.

In der Residenz denkt Helen Weiss öfter als früher über das Glück nach. Es war bestimmt nicht falsch, es im Auge zu behalten. Bis jetzt hatte sie alles, was in ihrem Leben geschah, überstanden. Sie hatte das Glück und das Unglück überlebt. Es war ihr nichts Unüberlebbares zugestoßen. Sonst wäre sie nicht hier gestrandet. Aber auch hier wäre das Glücklichsein doch anzustreben. Am Ende könnte ein riesiges Glückgefühl bei ihr einen Herzstillstand bewirken.

Helen würde so ein Angebot nicht ausschlagen.

Sari stand in Zimmer 217 vor einer Standuhr. Sie war zwei Meter hoch, Eichenholz, Ziffernblatt aus Messing, römische Zahlen, zwei lange Pendel.

Sie lief acht Tage.

Als sie noch lief ...

Helen Weiss hatte die historische Uhr, englischer Barock, gebaut 1760, in die Residenz mitgebracht. Die wertvolle Uhr, ein Erbstück, das die jeweilige Eigentümerin der ältesten Tochter vermachte, stand seit ewig in Helens Leben. Die Uhr hatte jeden Umzug mitgemacht und tickte und tickte und schlug die Stunde.

Und nun stand sie still.

Das Datumfeld war bei der Zahl 21 stehengeblieben.

Etwas stimmte ganz und gar nicht.

Sari wurde gerufen.

Es war zu still im Raum.

Diese fette Stille war schlecht für ihr Herz, für die Lunge, sie hatte Atembeschwerden, Herzbeschwerden. Helen erlitt einen elenden Rückfall ins Trübsalblasen, ein unnötiges Übel, das sie zu überwinden suchte.

Sie lächelte aus Tapferkeit.

Sari Lauper richtete die Standuhr.

Nun schwang das Pendel wieder hin und her, und Helen fand zurück ins Gleichgewicht. Dass es so wenig brauchte, um sie in Unruhe und Angst zu versetzen, missfiel ihr, und sie nahm sich vor, robuster zu werden.

Sie musste diese alte Uhr loswerden, damit sie in ihrem Zimmer nie mehr stillstehen und sie mit ihrem Stillstand lähmen konnte.

Bei dieser Wendung kam ihr das Gesicht ihrer Tochter, der künftigen Erbin, vor Augen, und Helen entschloss sich, den Spleen, die Uhr ihrem Seelenfrieden zuliebe verkaufen zu müssen, für sich zu behalten.

Ein Verkauf würde Helen viel Geld einbringen, mehr als sie benötigte. Sie war baff, sie wusste nicht, woher dieser Einfall kam, doppelt so viel Geld wie notwendig, um in die USA zu fliegen, um nach Memphis zu fliegen, um nach Graceland zu fliegen.

Helen würde das Anwesen von Elvis Presley besuchen, sie würde langsam durch seine Villa gehen und zuletzt vor seinem Grab stehen.

Die hereingeschneite Idee machte Helen glücklich.

Die Reise bisher nicht unternommen zu haben, war

das Versäumnis ihres Lebens. Warum nur hatte sie den Ruf so lange überhört, ja, sie hatte den Wunsch vor sich selbst verleugnet. Nun offenbarte er sich als Herzenswunsch und drängte auf Erfüllung. Sie sollte sich endlich auf die Socken machen.

Das war doch der wesentliche Unterschied zwischen Vergangenheit und Gegenwart. In der Gegenwart konnte sich Helen Ziele setzen und sie erreichen.

*

Helen galt als eine schlechte Esserin. Sie war zwei Gürtellöcher zu dünn. Das störte sie besonders am Hals. Es war nicht gut, wenn man die Haut zwischen die Finger nehmen und einklemmen konnte. Das Küchenteam gab sein Bestes. Achtzigjährige sind eine überaus heikle Kundschaft, ein Lob fällt ihnen selten ein.

Die Leibspeise von Elvis soll Hackbraten mit Kartoffelpüree gewesen sein. Köstlich. Das Essen, das Helen vorgesetzt wurde, schmeckte nach nichts.

Sie lächelte, um zu beweisen, dass sie nicht unausstehlich war. Elvis soll gegrillte Erdnussbutter-Bananen-Sandwiches geliebt haben. Im Menüplan der Residenz kam der Leckerbissen nicht vor. Helen müsste ihn dem Koch vorschlagen, mit einem Löffel Honig obendrauf.

*

Zeno Haussmann war kein plauderfreudiger Mensch. Ein Typ, der bei Gelegenheit hereinschaute, aber nie eintrat. Das machte ihn unbeliebt. Zeno mochte weder basteln noch malen oder singen. Er war immer ein Einzelgänger gewesen und stand nicht gern mit anderen im Kreis. Er mochte auch keine Geschichten aus seinem Leben aufschreiben. Ebenso wenig wünschte er sich Geschichten von Senioren anzuhören, die glaubten, jede Stunde ihres Lebens sei erzählenswert, Stoff für einen Roman. Leider hatten sie keinen Abschaltknopf. Auch schienen sie nicht zu wissen, dass jeder eine Lebensgeschichte hatte.

Helen, die seinen Karaoke-Vorschlag abgelehnt hatte, dachte oft an ihn. Der Mann beeindruckte sie. Zeno hatte sich in ihr Herz geschlichen. Sie spürte Zuneigung, einen Funkenflug zwischen ihnen, als wären sie Komplizen, und sei es nur, weil sie hin und wieder die ganze Tagesration ihrer Medikamente in der Toilette wegspülten.

Helen hatte noch nie unter vier Augen mit Zeno gesprochen. Das reizte sie. Sie stellte fest, dass sie wegen ihm länger vor dem Spiegel stand und an ihrer Levis 501 herumzupfte und den breiten Gürtel mit der großen Schnalle enger zog, eine Bluse mit einem Blumenmuster wählte und Lippenstift auflegte.

Zeno Haussmann schirmte sich ab.

Bestimmt hätte er die Karaoke-Anlage gemietet und alle zum Singen animiert, aber selbst nicht gesungen.

Wenn er sich setzte, dann am liebsten an einen Tisch, wo er allein blieb. Helen traute sich dann nicht, sich zu ihm zu setzen. Er machte nie eine einladende Handbewegung, das verletzte ihren Stolz.

Dieser sonderbare Mann stromerte durch eine Welt, zu der niemand Zugang erhielt. Er lebt in einer Blase. So deutete Helen sein Verhalten.

*

Zeno Haussmann wohnte seit drei Jahren im Apartment 12A und hatte in dieser Zeit noch nie Besuch erhalten.

Woher er kam, sein bisheriges Leben, Zeno hielt sich bedeckt, niemand wusste, ob er verheiratet gewesen war, Kinder hatte, Enkel. Nicht einmal der Verwaltung war das bekannt; es gab Gerüchte.

Zeno Haussmann hatte auch in der Residenz das vage Gefühl, wie überall in seinem Leben, nicht ganz zugehörig zu sein, nicht ganz angekommen zu sein, noch nicht. Aber das mitgedachte *Nicht-ganz* und *Noch-nicht* hatte sich nie von selbst erübrigt, es war stachlig geblieben, und darum war er stets weitergezogen, als trüge sein jeweiliger Aufenthaltsort eine Uhr in sich. Implantiert. Jeder Ort und jedes Haus hatten eine Zeit, und wenn sie abgelaufen war, wurde Zeno unruhig. Jeder Ort und jedes Haus war ein Zwischenhalt auf dem Weg zu einem unbekannten Ziel; aber die Residenz, das wusste er, war es nicht, sie war die Ausnahme. Einerseits machte ihn diese Erkenntnis frei, andererseits stutzte sie ihm die Flügel, und wenn er herumgrübelte und sich die Konsequenz des Gedankens klarmachte, was unvermeidlich war, kam ihm die Durchsage in den Zügen in den Sinn, eine Stimme aus dem Lautsprecher, die *Endbahnhof* sagte.

*

Zeno hielt sich bei den Kaninchen auf. Helen hatte vom Bistro aus beobachtet, dass er zum Gehege ging und war ihm gefolgt. Die Tiere waren handzahm und hoppelten herum. Ein Instinkt ließ sie Höhlen graben, ein System von Gängen, in denen sie sich versteckten. Mit Leckerlis ließen sie sich herauslocken.

Die Kaninchen wurden gehalten, um unzufriedene Senioren aufzuheitern, sie fraßen ihnen aus der Hand und zeigten kleine Kunststücke.

Man soll sie nicht hochheben, sagte Helen.

Mach ich doch nicht, lachte Zeno.

Wenn sie hochgehoben werden, geraten sie in Panik. Der Greifvogelreflex, sagte Helen.

Zeno bot Helen seine Leckerlis an, aber sie wollte nicht Kaninchen füttern.

Dann trickste er sich selbst mit einer Frage aus, die er, statt sie wie üblich nur zu denken, laut aussprach.

Haben Sie Lust, einmal einen Ausflug zu machen?

Helen willigte ein, natürlich.

Sie vereinbarten den Tag, er bestellte ein Taxi, das Helen in der Residenz abholte und zu einem Autoverleih fuhr, wo Zeno bereits auf sie wartete.

Er hatte einen dunkelblauen Tesla S reserviert.

Ich hoffe, der Wagen gefällt Ihnen, sagte er.

Sie strahlte.

Sie fuhren zu einem Restaurant mit Aussicht auf einen See und die Alpenkette und bestellten ein kulinarisches Menü.

Ein Glas Champagner erlaubten sich beide.

Beim Spaziergang nach dem Essen sahen sie hoch über dem See einen Schwan. Er kam schnell näher. Zeno wollte gerade einen Scherz über das Risiko der Landung anbringen, da breitete der Vogel die Schwingen wie Bremsfallschirme aus und wasserte, die schwarzen Füße vorstreckend, gekonnt auf dem See.

Helen klatschte Beifall.

Zeno schloss die Augen: Alles ist möglich.

Ihre Ausflüge wiederholten sie mit unterschiedlichem Ziel. Es war ganz fabelhaft. Niemand wusste davon.

Falls doch jemand sie durchschaute, verriet er sie nicht.

Helen und Zeno verließen die Residenz nicht gemeinsam, beide kamen auch allein zurück. Die Verstellung machte ihnen Spaß. Doch nie lud Helen Zeno auf ihr Zimmer ein, nie sah er ihre furchteinflößende Standuhr, und Zeno bat Helen nicht in sein Apartment, obwohl er in Versuchung geriet, ihr sein Blumenbild zu zeigen.

Sie genossen die heimlichen Treffen, die Fahrten im dunkelblauen Tesla. Sie gingen auch ins Kino, besuchten Ausstellungen, hörten sich Vorträge an. Sie sammelten Gesprächsstoff. Helen und Zeno hatten keine gemeinsame Geschichte. Sie teilten keine alten Erinnerungen und wollten einander nicht mit Rückblicken langweilen.

Wir schreiben jetzt unsere Geschichte, sagte Zeno.

Nein, widersprach Helen, wir leben sie.

Es gibt keine Vergangenheit.

Die Vergangenheit ist ein Phantom in den Köpfen. Es existiert nur das Jetzt, es zählt der Augenblick.

Es gab Schuhe, die beim Gehen drückten.

Es gab Dinge, die man jetzt tun konnte.

Zeno war in seinen bewährten Budapestern besser zu Fuß als Helen in den neuen Turnschuhen. Geduldig blieb er stehen, als er bemerkte, dass sie Mühe hatte. Rechts, der Schuhrand. Helen setzte sich auf eine Bank, und Zeno kümmerte sich um sie. Er half ihr, den Schuh und die Socke ausziehen. Dann rollte er ihr Hosenbein nach oben und klebte eines der Pflaster, die er für den Notfall immer einsteckte, über die bereits gerötete Stelle, damit sich keine Blase bilden konnte.

Er berührte ihr Fußgelenk behutsam.

Der Weg zum Parkplatz führte durch den Wald. Plötzlich hörten sie Lärm. Auf einer Lichtung kämpften zwei Hirsche. Ihre Geweihe verhakten sich krachend, ein beeindruckendes Schauspiel.

Der Tesla hatte ständig Kontakt mit dem Internet und glitt wie auf Schienen. Sie fuhren zum Autoverleih zurück. Helen hatte die Schuhe ausgezogen, betrachtete das Pflaster. Zeno hielt ein angenehmes Tempo und beschleunigte nicht sinnlos in den Kurven. Die automatische Gangschaltung war bequem.

Ein Blinder könnte den Tesla S fahren, bemerkte Zeno.

In einem Anflug von Offenheit weihte Helen Zeno in ihre Graceland-Pläne ein und erklärte ihm, wie sie die Reise finanzieren wollte. Zeno hörte zu, ganz in ihrem Bann. Nach dem Bekenntnis senkte Helen den Blick und schaute auf ihre Hände, die im Schoss lagen, und der matte gelbe Ehering fiel ihr auf, wie abgenutzt er war, wie dünn geworden, und wie tief der Ring in den

Finger schnitt, als wäre er ins Fleisch eingewachsen. Sie könnte ihn gar nicht abstreifen.

Zeno räusperte sich, flüsterte heiser, als sagte er etwas Verbotenes: Memphis, Tennessee. Ich bin dabei.

Helen schaute ihn an: Ich kann es mir vorstellen.

Und er: Die Uhr musst du deswegen nicht verkaufen.

Helen: Ich will sie aber verkaufen, ich muss sie loswerden.

Auch den Ehering musste sie loswerden. Sie schaffte die Abnahme nicht allein, auch nicht mit Seife. Sie musste Sari bitten. Er trennte den Ring mit einer Zange durch und Helen war befreit.

*

Die Bewohnerinnen und Bewohner leben laut Statistik durchschnittlich dreieinhalb Jahre in der Residenz.

Der Eintritt erfolgt durch eine gläserne Drehtür. Immer sind ein paar Verwandte dabei, erwachsene Kinder, die ein Elternteil begleiten, am beliebtesten sind bei den Eintretenden die Enkel. Die Stimmung ist nie heiter, aber meistens freundlich. Alle sind nett. Sie sprechen mit betont geduldiger Stimme. Alle sind etwas verlegen und im Zweifel, ob sie die richtige Entscheidung getroffen haben. Doch nun sind die Würfel gefallen.

In der Sekunde des Eintritts, bei ihrem Gang durch die Drehtür, altern die Ankömmlinge um gefühlt zehn Jahre.

Sari hält sich im Hintergrund, er hat den Umzug organisiert und geholfen, die angelieferten Lieblingsstücke zu platzieren. Später wird er die eintretende Person ins Technische und Digitale einweisen, ihr zeigen, wo die Schalter und Knöpfe sind, die Anschlüsse, was wie funktioniert ... Er wird alle elektronischen Geräte einrichten und freischalten. Wlan, Skype, Wasser, Licht. Und natürlich das alte Fernsehen, alle bringen ihren Fernseher mit.

Beim Abgang wird Sari auch wieder tätig. Er öffnet dem Bestatter die Tür, er öffnet dem Sargtransporter die Schranke. Der Abgang führt durch die Tiefgarage.

Sari vereinbart mit einem Händler die Abholung des Hausrats, der von den Angehörigen freigegeben wird, wenn sie ihn geplündert haben.

Der Rest wird auf dem Trödelmarkt verhökert.

Sobald der Raum leer ist, kontrolliert Sari die Installationen. Ein Mitarbeiter entfernt die Bilderhaken, füllt Löcher, weißelt die Decke und die Wände. Nicht nur aller Wandschmuck muss weg, auch die hellen Vierecke mit den schmutzigen Rändern, welche die Bilder zurückgelassen haben, müssen verschwinden.

Zuletzt macht das Reinigungsteam das Zimmer clean und desinfiziert es. Kein Insekt überlebt. Dann ist der Kreislauf beendet. Der nächste Anwärter auf der Warteliste rückt nach.

*

Zeno Haussmann, Privatier.

Kontostand gleichbleibend. Seine Rechnungen wurden von einer Bank beglichen. Er hatte immer ein paar Scheine in der Tasche. Im Bistro der Residenz und am Kiosk, den Olga Martins betrieb, zahlte er lieber bar als mit Karte.

Zeno kaufte Süßigkeiten und füllte seine Schubladen damit. Er kaufte, um sich mit Olga zu unterhalten. Olga erledigte auch Botengänge. Wenn Zeno Haussmann ihr einen Auftrag gab, dann nur, um ihr ein üppiges Trinkgeld zuzustecken. Sie wusste das. Sie brachte ihm die bestellten Sachen auf 12A, klingelte, huschte hinein. Und kam lange nicht mehr heraus.

Sie spielten *Go*.

Sie führten Gespräche.

Zeno bestärkte Olga in ihrem Beschluss, nicht nach Portugal zurückzukehren.

Wenn Sie etwas tatsächlich nicht brauchen, Olga, sagte er, dann die ganze Bagage am Hals.

Olga Martins war die einzige Person, die sich getraute, Zeno Haussmann zu fragen, was er denn früher beruflich gemacht hatte, womit er sein Geld verdiente.

Mit Diskretion, sagte er vieldeutig.

Olga lachte.

Sie knuffte ihn in den Arm.

Er ließ sich abringen, dass er eine eigene Firma besessen hatte, einen Kurierdienst für Wertsachen.

*

Ein Sommerabend. Nach zwei Partien Go mixte Zeno exotische Drinks. Sie stießen an. Mit einem Mal, als müsste er weiteren Fragen von Olga zuvorkommen, stand Zeno auf und holte einen Band seines dtv-Brockhaus aus dem Regal. Er öffnete ihn mit einer geheimnistuerischen Geste, als schlösse er einen Tresor auf. Mit den Fingerspitzen klaubte er eine einzelne, versteckt zwischen den Seiten liegende Briefmarke heraus. Es war eine australische *Four Pence* aus dem Jahr 1855 mit einer Besonderheit: Das Sujet, ein Schwan, stand falsch herum.

Zeno erzählte, er habe den Fehldruck vor vierzig Jahren an Zahlung genommen. Damals hatte *Inverted Swan* einen Sammlerwert von 37 000 Franken. Zeno wollte die gesuchte Rarität nicht verkaufen. Die Briefmarke tröstete ihn, wenn in seinem Leben etwas in Schieflage geriet. Der berühmte Schwan stand auch auf dem Kopf. Das heiterte ihn auf.

*

Olga Martins war 32, ihre Familie führte in Porto eine Pension, die sie einmal übernehmen sollte, zumindest stellte sich ihr Vater Olga als seine Nachfolgerin vor.

Zunächst hatte eine Liebe sie bewogen, Porto zu verlassen. Doch das war nur die halbe Wahrheit, ebenso wichtig war ihr die Flucht von den Ansprüchen und Fesseln der Familie gewesen.

Dachte Olga an ihre Liebe zurück, kam ihr das Zusammenleben mit diesem Mann wie ein Buch vor, das sie mittendrin zu lesen aufgehört und zugeklappt hatte.

Der Mann hatte inzwischen eine Familie. Sie lebten in der kleinen Stadt. Olga war etwas verlegen, wenn sie seine Frau sah. Sie fand sie sympathisch. Die Frau war gleich groß wie sie, hatte dieselbe Figur und Frisur. Sie hätten Schwestern sein können. Die Frau kannte Olga nicht. Sie besuchte ihren Großpapa in der Residenz und nahm die Kinder mit, seine Ur-Enkel, um ihm eine Freude zu bereiten.

Olga gehörte zum Küchenteam, neben dem Kiosk war sie für die Mahlzeiten der Klienten zuständig, die gesondert zubereitet werden mussten. Diabetes konnte ein Grund sein, eine Diät, eine spezielle Unverträglichkeit, ein Sonderwunsch.

Berühmt war sie für ihre portugiesischen Vanilletörtchen. Sie bereitete sie zu Hause zu und bot sie am Kiosk an, eine Spezialität, der Sari Lauper nicht widerstehen konnte; sie zog ihn magisch zum Kiosk hin.

Olga sah den Mann jeden Tag, er gefiel ihr. Vor allem gefiel ihr die bestimmte Art: wie er die Arbeit anging, wie unvoreingenommen er Menschen begegnete und dass er die Liste der Erledigungen klar im Kopf hatte. Er setzte Prioritäten und wusste immer, was als Nächstes zu tun war.

Und dass er Sisyphusarbeit verrichtete.

Doch das beunruhigte ihn nicht.

Über Mittag zog er sich in sein Mini-Büro zurück, um zu lesen, er tauchte in eine andere Welt ein und kehrte nach einer halben Stunde zurück.

Olga liebte Ordnung, jedes Ding hatte seinen Platz und gehörte dorthin. In der Theorie. Sie ärgerte sich, wenn sie etwas suchen musste (Schlüssel, ein Gerät, Papiere). Die Unordnung war zeitraubend. Aber Ordnung herzustellen, bedeutete auch, ununterbrochen aufzuräumen, und das war ebenso zeitraubend. Sie musste mit diesem Dilemma leben. Die Ordnung war nie ein Geschenk, nur die Unordnung ergab sich von selbst: Herumliegende Klamotten, das nicht gemachte Bett, Chaos im Bad, Abdrücke von Lippenstift auf Gläsern und eine unaufgeräumte Küche zeugten davon. Auch ihre Frisur sah oft aus, als hätte sie zu wenig Zeit dafür gehabt, und ihr Mascara zerlief.

Sari fand sie umwerfend. Dunkelste Augen, volle Lippen. Er mochte ihre Stimme, wie sie lachte. Alles an Olga war genau richtig, vor allem war sie klug und nicht zu dünn. Sari begehrte sie. Wenn er eine Frau beschreiben müsste, die ihm rundum entspräche, würde er Olga als Vorlage wählen.

Kurz: Sie hatte ihm den Kopf verdreht.

Den Anspruch, dass in der Residenz alles klappte, und die Tatsache, dass sie Menschen liebte, hatte sie mit Sari gemein. Sie hatten Augen und Ohren für alles und vernachlässigten nichts. Ihre Piepser waren immer eingeschaltet. Und beide verloren nie den Humor.

Natürlich wusste Olga, dass Sari die Törtchen wegen ihr kaufte, der angebeteten Bäckerin, Vanilletörtchen, die fantastisch schmeckten, noch besser als die *Pasteis de Nata*, die er in Portugal probiert hatte.

Olga hörte das gern und freute sich, es war offensichtlich, dass er den Weg zu ihr suchte. Er war gutaussehend und kompetent und etwas scheu.

Sie hatte ihm beim Badminton zugeschaut.

Ein Abend im Herbst. Die Halle, an der sie vorbeiging, war hellbeleuchtet. Sari fiel ihr sofort auf. Ein geschmeidiger Spieler, blitzschnell. Sie konnte die Augen nicht von ihm lassen. Sie könnte auch die Hände nicht von ihm lassen, wenn sich die Gelegenheit ergäbe.

Kurz: Er hatte ihr den Kopf verdreht.

*

Die Bewohner der Residenz konnten ihre Zimmer und das Haus jederzeit verlassen. Manche trafen Bekannte, setzten sich in ein Café, bestellten Coca-Cola und cremige Kuchen. Einige besuchten den Friedhof, andere schauten den Kindern auf dem Schulhof bei ihren Spielen zu.

Zeno Haussmann blieb bisweilen einige Tage weg. Dann sagte er im Büro Bescheid. Helen hatte eine Woche bei ihrer Tochter verbracht. Selbstverständlich hatte sich auch Helen abgemeldet.

Am ersten Tag fiel es gar niemandem auf, dass Helen und Zeno sich nicht in der Residenz aufhielten. Am zweiten Tag war es Olga, die stutzig wurde, weil sie Zeno nicht sah, der doch am frühen Morgen seine Turnübungen machte, an trockenen Tagen im Freien, und das Wetter war gut.

Sie ging zu Apartment 12A.

Niemand öffnete ihr die Tür.

Zeno Haussmann war nicht da.

Im Büro wusste niemand Bescheid. Und Olga fragte nach, ob Frau Weiss (Zimmer 217) anwesend sei.

Sie war nicht anwesend.

Auch sie hatte sich nicht abgemeldet.

Die Direktorin der Residenz telefonierte mit Helens Tochter, sie wusste von nichts, hatte keine Ahnung, wo ihre Mutter sich aufhalten könnte, wirkte aber nicht sonderlich besorgt. Zeno Haussmann hatte keine Angehörigen, die kontaktiert werden könnten. Sein Bankberater wusste von nichts, machte sich aber auch keine Sorgen. *Herr Haussmann ist ja nicht bevormundet, er kann tun und lassen, was er will.* Obwohl die Direktorin wusste, dass sie genau diesen Satz auch von der Polizei zu hören bekäme, rief sie dort an.

Olga Martins hegte einen Verdacht. Auf dem Weg nach Hause, den sie mit dem Fahrrad zurücklegte, hatte sie vor ein paar Wochen Zeno und Helen beobachtet. Beim Autoverleih waren sie begutachtend um einen Mietwagen herumgegangen. Olga hatte schon klingeln und winken wollen, als ihr bewusst wurde, dass sie gerade eben Zeugin einer heimlichen Angelegenheit geworden war. Sie setzte ihren Weg fort, maß dem Ganzen keine große Bedeutung zu. Etwas erstaunt war sie schon gewesen, aber Olga war ja nicht das Kindermädchen zweier erwachsener Menschen.

Nach drei Tagen erhielt die Heimleitung eine E-Mail mit Bildanhang. Es gab lange Gesichter. Helen und Zeno hielten sich in Chicago auf, sie hatten sich vor den großartigsten Wolkenkratzern der Welt auf einer historischen Klappbrücke über den Michigan River fotografieren lassen.

Zeno kaufte Eintrittskarten für ein Spiel der Chicago Bulls. Er hatte Lust, das legendäre Team live zu sehen, und Helen schenkte er eine Cap.

Natürlich war in der Residenz ihr Verschwinden der wichtigste Stoff für Klatsch und Verdacht und Unterstellungen. Die Meinungen waren geteilt. Niemanden ließ das Geschehnis kalt. Ein bekennender Ironiker grummelte, er verstehe Haussmann, begreife nur nicht, warum er gerade mit Helen Weiss durchgebrannt sei – er hätte mit einer Jungen desertieren sollen. Mit Olga Martins beispielsweise, mit der er am Kiosk flirtete und der er Vanille-Törtchen abkaufte, mehr als ein alter Mann essen sollte, mehr als gut war für die Herzarterie.

Besuchte Olga ihn nicht ständig auf A12?

Diese Kommentare brachten die Frauen gegen ihn auf.

Ein unmöglicher Mensch.

Das gefiel ihm.

Am fünften Tag landeten Helen und Zeno in Memphis, der Flug dauerte weniger als zwei Stunden.

Am sechsten Tag besuchten sie Graceland.

Sie schritten neugierig und ehrfürchtig durch die Villa, schauten sich die luxuriöse Einrichtung an, die zu einem Senator gepasst hätte. Aber zu Elvis? Zu seinen Songs und seinem Hüftschwung, zu seiner Stimme und seinem Blick?

Er hatte Helen und zum Erröten gebracht. Weil sie wusste, dass ihr Gesicht ihre Wünsche verriet.

Sie sahen den Flügel im Wohnzimmer, den Billardtisch im Untergeschoß, die glitzernden Kostüme, die er bei seinen Konzerten getragen hatte. Und viele alltägliche Dinge. Ein Affe aus Porzellan, ein Fernsehgerät (schwarzweiß), Lampen aus buntem Glas, Gegenstände, die als Beweis dafür dienten, dass Elvis wirklich gelebt hatte, dass Elvis Presley ein sterblicher Mensch gewesen war. Und wie es den jungen Elvis gegeben hatte, was niemand ernstlich bezweifelte, hatte es auch die junge Helen gegeben, taufrisch.

Sie kauften Blumen und gaben sie bei der Aufsicht abgegeben. Dazu ein Plüschtier. Die Aufsichtsperson legte die Rosen und den Teddy auf dem Rasen neben dem Grab nieder, vor dem sie Hand in Hand standen und weinten.

*

In ihrer kurzen Geschichte war es das einzige Mal, dass sie zusammen weinten. Warum und worüber sie Tränen vergossen, blieb ihr Geheimnis. Sie sprachen nicht darüber. Tiefes Verständnis war wohl eher ein Ideal als eine echte Chance.

Nach ihrer Rückkehr galten sie als Paar.

Und nach ihrem Tod wurden sie zur Legende.

Zumindest für eine kurze Zeit. Der unnachsichtige Wechsel veränderte seine Frequenz nicht. Eintritte, Sterbefälle. Ein paar Jährchen, dann war die Episode vergessen.

*

Zeno und Helen hielten sich nicht an die Statistik, sie lebten doppelt so lang in der Residenz als üblich.

Helen blieb ein Jahr länger, sie war keine verbitterte Frau, nicht endlos enttäuscht, weil ihre Geschichte mit Zeno nur von kurzer Dauer gewesen war. Glücklicherweise hatte sie sich zugetragen. Und Helen behielt sie für sich. Sie benötigte keine Aufheller mehr, kein Schlafmittel. Sie wurde milder. Sie nörgelte nicht länger am Essen herum, machte am Morgen Turnübungen. Sie hörte auf zu träumen. Es sah aus, als hätte sie mit allem ihren Frieden geschlossen. Deshalb konnte sie auch weitermachen. Sie spielte mit den anderen Frauen bald wieder *Die Siedler von Catan*.

Das Angebot der Bank, Helen könne Apartment 12A beziehen, die Bank bezahle den Aufpreis, lehnte sie höflich ab. Sie war mit 217 zufrieden. 217 befand sich im Zentrum. Die Wege waren kurz und schnell. Helen Weiss hatte das abgelegene 12A zu Zeno Haussmanns Lebzeit nie betreten, und sie unterließ einen Besuch auch nach seinem Tod. Sie würde ihn in 12A vermissen. Sie würde ihn überall suchen und finden und immerzu sehen. Sie würde ihn in 12A auch auf dem Boden liegen sehen.

Das wollte sie nicht.

Sie wollte keine Trauer aufkommen lassen. Sie wollte vergessen. Die kurze Geschichte mit Zeno war eine Ausgleichszahlung gewesen, ein Bonus. Danke, Schicksal. Sie wollte sich dieses Glück von nichts trüben lassen.

*

Zeno Haussmanns Bankberater, der als Testamentsvollstrecker bestimmt worden war, besichtigte das verwaiste Apartment. Er schaute sich um, öffnete Schubladen und spähte in den Kleiderschrank.

Sari war dabei. Er hatte dem Mann die Tür geöffnet. Hier hatte Zeno auf dem Boden gelegen. Ein Sturz bei den Turnübungen. War wohl umgeknickt bei einem Sprung. Beckenbruch, Lungenentzündung, Tod. Das rauschte Sari in 12A durch den Kopf. Er spürte, dass ihm Tränen aufstiegen. E war richtig blöd gelaufen.

Nach dem formellen Besuch kam die Anweisung, der gesamte Hausrat könne nach den Regeln der Residenz entsorgt werden. Nun hatte Sari mit dem Trödelhändler einen Termin zu vereinbaren, den Tag, an dem Zenos Einrichtung abgeholt und das Apartment ausgeräumt werden sollte. Es musste leer sein, bevor die Instandstellung begann, bevor der Maler den Roller in die perlweiße Wandfarbe tauchte und loslegte. Noch war es aber nicht so weit.

Der Bescheid der Bank brachte die Direktorin auf den Gedanken, Zeno Haussmanns Blumenbild zurückzubehalten und im Foyer aufzuhängen.

Sari erhielt den Auftrag, die Hängung vorzunehmen.

Er führte ihn aus.

Es brachte ihn ins Sinnieren.

Sari bemerkte, dass Olga ihn bei seiner Arbeit beobachtete. Er spürte ihren Blick. Er kam sich vor, als tue er etwas Unerlaubtes. Was ja nicht ganz falsch war. Ihr Blick löste ein Prickeln aus, Gänsehaut.

Olga erwartete, dass er sie ansprach. Es war falsch, es noch nicht getan zu haben.

Seit Zeno Haussmanns Tod wichen sie einander aus. Sie vermieden sogar den Augenkontakt.

Sari und Olga mussten handeln.

Es überforderte sie.

Sari hatte Gewissensbisse und fürchtete, dass Olga ihm unterstellte, er wolle sie übervorteilen.

Sie sollten sich endlich entspannen.

Doch so weit war Sari noch nicht.

Ihm kam die Geschichte derart abenteuerlich vor, dass er darauf verzichtete, bei Olga Vanilletörtchen zu kaufen.

*

Für die Abdankungsfeier fanden sich nur wenige Leute in der Kapelle ein. Es gab keine Trauerfamilie. Keine Überraschung. Sari schaute sich um und sah niemanden, den er nicht kannte, und niemanden, der ins Taschentuch schnäuzte und Tränen wegwischte.

Helen Weiss war ohne Begleitung anwesend, sie trug gehäkelte schwarze Handschuhe und wirkte gefasst. Ein verklärtes Lächeln bestimmte ihr Gesicht. Ihr Kranz mit roten und weißen Rosen lag neben der Urne aus Keramik.

Sari saß neben Olga Martins. Sie war blass, ihr ebenmäßiges Gesicht versteinert. Olga schien Saris Anwesenheit nicht zu beachten. Aber das war eine falsche Annahme.

Ein Priester las einen Lebenslauf vor, den die Bank ihm zugesandt hatte. Er sprach langsam und mit tiefer Stimme. Dargestellt wurde ein Verstorbener, der den Anwesenden unbekannt war.

Ein fremder Mann.

Für Helen traf das nicht zu. Helen verstand auch das seltsame Schlusswort. Zeno hatte es selbst ausgesucht. Vor Jahren schon. Nun glaubte Helen, es sei auf sie gemünzt: *Es ist besser zu verbrennen, als langsam zu verlöschen.*

Neil Young soll das gesagt haben.

Der Priester beschwor das Leben nach dem Tod.

Sari war unruhig, nervös.

Ihn beschäftigte nicht das ewige Leben, sondern der aktuelle Terminkalender. Morgen würde der Trödelhändler vorfahren. Sari hatte ihm die Tür schon oft aufgemacht. Er wusste, wie der Mann vorging, wie er den

Bestand einschätzte. Porzellan (Geschirr) besaß einen Wert. Elegante Weingläser und bauchige Teetassen waren beliebt. Niemand kaufte gebrauchte Töpfe und Pfannen. Zenos Accessoires waren gefragt: Gürtel, Ringe, Armbänder und die Caps der Chicago Bulls. Auch Zenos Kleider ließen sich verkaufen. Ebenso die chinesischen Teppiche. Die Bücher nicht. Ein zwanzigbändiges dtv-Brockhaus Lexikon aus den Siebzigerjahren würde samt Schuber entsorgt.

Der Priester betete inständig: Unser Vater, der du bist im Himmel und auf Erden.

Ein paar brüchige Stimmen murmelten mit.

Zum Schluss klangen *The Who* aus den Lautsprechern, der Song *I Can See For Miles* wurde abgespielt.

Nach ein paar Sekunden Stille betrat ein schwarz gekleideter Mann die Kapelle, hob die Urne hoch und stellte sie auf einen Karren mit Gummirädern. Auch die Kränze und Blumen wurden aufgeladen. Der Mann schob den Karren aus der Kapelle. Der Priester und die Anwesenden folgten ihm zum Grabplatz, zum Loch, in das die Urne gesenkt wurde.

Als die Trauergemeinde sich auflöste und den Friedhof verließ, ging Olga neben Sari. Sie würden ein schönes Paar abgeben. Doch im Augenblick war die Anspannung zwischen ihnen stärker als das Knistern. Sie gingen schneller als die anderen und setzten sich ab.

Ich muss mit dir sprechen, sagte Olga.

Ihre Schultern berührten sich leicht. Sari atmete ihr Parfüm ein. Er fürchtete das Gespräch und war froh, dass es endlich stattfand.

Er hatte sich immer gewundert, warum Zeno ihm die *Four Pence*-Marke gezeigt hatte, warum er ihn ins Vertrauen gezogen und ihm sein Geheimnis enthüllt hatte.

Oder war es gar kein Geheimnis?

Auch Olga wusste davon.

Und Helen?

Zeno hatte ihn nicht gebeten, das, was er ihn hatte sehen lassen, für sich zu behalten, Zeno hatte ihn nie aufgefordert, mit niemandem über die kostbare Briefmarke zu sprechen.

*

Sari hatte sich ein Herz gefasst und Helen Weiss wie nebenbei auf Zenos Lexikon angesprochen, er hatte den Brockhaus erwähnt und gefragt, ob sie ihn haben möchte.

Ich bringe Ihnen den Schuber gern aufs Zimmer.

Frau Weiss hatte abgewinkt, nein, kein Andenken, kein Ballast.

Ich glaube nicht, dass in dem Lexikon etwas steht, das ich noch wissen müsste.

Olga Martins kannte die in der Residenz üblichen Abläufe nach Sterbefällen, sie fackelte nicht lange.

Wir müssen das Lexikon aus dem Apartment holen, fing sie an, bevor der Trödelhändler kommt.

Sari schwieg.

Du hast einen Schlüssel.

Sari schluckte, sein Hals war trocken.

Er konnte nicht den Unwissenden spielen, er konnte Olga nichts vormachen, die Frau wusste Bescheid. Ihre Forderung kam auch nicht aus heiterem Himmel. Sari hatte damit gerechnet, hatte geahnt, dass Zeno, mit welcher Absicht auch immer, die Briefmarke auch Olga Martins gezeigt hatte, auch Olga kannte ihren Wert.

Wir holen die Briefmarke, sagte Olga.

Dem war nichts beizufügen.

Saris Miene hellte sich auf. Er hatte die Briefmarke höchstens zehn Sekunden betrachten dürfen. Aber sie hatte sich ihm eingeprägt, und er hatte ihr Versteck nicht vergessen, sie lag im Lexikon. Das war der springende Punkt. Der umgekehrte australische Schwan würde auch sein Leben auf den Kopf stellen. Der australische Schwan verknüpfte sein Leben aber auch mit dem Leben von Olga Martins. So viel stand fest. Und das war ganz in seinem Sinn. Es musste geschehen. Vielleicht war es sogar Zenos Absicht gewesen, sein insgeheimer Plan.

Das Lexikon endet im Altpapier, sagte Olga. Der Trödelhändler verhökert die Bücher als Kiloware an eine Firma, die sie zu Dämmmaterial verarbeitet.

Ich weiß, antwortete Sari.

Wir müssen den Schwan retten, sagte Olga bestimmt. Wir holen den *Inverted Swan* heraus, bevor es zu spät ist. Sie lachte. Nur Dummköpfe würden das nicht tun.

Sari wusste, dass er auch Zenos *Go*-Spielset, das Brett und die Steine, vor dem Trödelmarkt retten musste. Er konnte den Händler darauf ansprechen.

Nimm es einfach mit, würde der Händler sagen, kein Problem.

Sari stellte sich vor, das Brett mit den 361 Schnittstellen liege bei ihm zu Hause auf dem Tisch. Olga und er spielten. Sie säßen einander gegenüber. Beide versunken in strategische Überlegungen.

Olga Martins wäre bei ihm eingezogen.

Beim Go gibt es keine Zugpflicht.

NICHT VON DIESER WELT

Max hatte Julia von seiner ersten Begegnung mit der ägyptischen Königin Nofretete erzählt und dass er für sie schwärmte. Ohne ihren Namen zu kennen oder jemals von ihr gehört zu haben, verliebte er sich mit fünfzehn in die Schönheit, die auf der Zigarettenpackung der Marke *Milla Filter* abgebildet war

Mit der kleinen Geschichte brachte er Julia zum Lachen. In Berlin. Sie hatte eben ihre Ausbildung als Skulpturenmalerin abgeschlossen. Gemeinsam besuchten sie den von Christo verhüllten Reichstag.

Max war nun Ende vierzig.

*

Angesichts des Alters von Nofretete (3000 Jahre) sind dreißig Jahre vernachlässigbar. So lange kennen sich Max und Julia schon. Die Freundschaft ist für beide wichtig. Ein Liebespaar waren sie nie.

*

Wie vereinbart schreibt Julia Max, als sie die Bemalung einer Museumsreplik der Königin Nofretete übernehmen darf. Max freut sich und bucht einen Flug nach

Berlin. Er hat Julia und die Stadt seit einigen Jahren nicht gesehen.

*

Er dreht eine Runde in seinem Viertel, sucht ein Mitbringsel für Julia. Frischer Schokolade kann sie nicht widerstehen. Er wählt Stücke mit Pistazien und Mandeln.

Max nimmt sich Zeit, schaut sich um.

Manchmal verschwindet ein Geschäft über Nacht und ein neues nimmt den Betrieb auf. Er bemerkt die Veränderungen nicht immer gleich, gelegentlich dauert es Wochen, bis er stutzt und überlegt. Das Neue hat das Alte bereits im Gedächtnis getilgt.

Jetzt beobachtet er durchs Schaufenster einer ehemaligen Bäckerei Frauen, die sich die Nägel machen lassen. Beim Gehen hört er Stimmen. In verschiedenen Sprachen reden sie mit Personen, die abwesend sind.

Vögel sind immer da, Spatzen und Tauben.

Und der Straßenverkehr, ein Ohrwurm.

Neu sind zwei Stromstationen für Elektroautos.

Auf dem Weg zu seinem bevorzugten Café kommt Max an einer Telefonzelle vorbei, die zu einem öffentlichen Bücherschrank umfunktioniert wurde. Dort verweilen nun ständig Leute, die Bücher bringen und Bücher holen.

Er hält inne.

Max Borner ist ein Leser.

Der Schrank, eine Art Wundertüte, weckt seine Neugier. Er kann nicht anders, überfliegt die Reihen. Hinter der gläsernen Schiebetür entdeckt er ein ganz besonderes Buch, ein Meilenstein in seinem Leben.

Er öffnet den Schrank.

Im Café verweilt er länger als üblich. Das schmale Buch in der Hand. Jemand wird es mit der Absicht in den Schrank gestellt haben, ihn zu überraschen.

Thornton Wilder. *Unsere kleine Stadt.*

Er hat das Buch eingesteckt, schnell, als fürchte er, ertappt zu werden, dabei sind die Bücher zum Mitnehmen.

Im Café überlegt er, ob es klug sei, nochmals? Er kann nicht anders und steigt in eine ferne Zeit um.

*

Mit achtzehn hielt er das Buch zum ersten Mal in den Händen. Ein Schauspiel in drei Akten. Er las es still, er las es laut, er tippte es mit der Schreibmaschine ab. Danach konnte er es auswendig.

Lesend im Café und zu Hause; weiterlesend bis in die Nacht hinein, versteht Max seine erste Lektüre als eine Spur, die er hinterlassen hat. Er erkennt seine Fußabdrücke und zieht erneut los. Die Fabel ist unverändert, seine Schrittlänge eine andere.

Max Borner ist Fachmann für Gips (Gewinnung und Verarbeitung). Er schreibt präzise Gutachten, aber mittlerweile nur noch gelegentlich. Er befindet sich im Ruhestand und könnte ein Lehrbuch über die Anwendungsbereiche von Gips verfassen: auf dem Bau, in der Zahntechnik, in der Kunst.

*

Max sitzt im Flugzeug nach Berlin.

In der *Gipsformerei der staatlichen Museen*, die er früher aus beruflichen Gründen regelmäßig besuchte, trifft er sich mit Spezialisten, die sein Wissen weiterhin schätzen. Ganz besonders freut er sich auf Julia und ihre Nofretete, die eine ägyptische Sammlung in Philadelphia als Blickfang erwerben möchte.

Er liest *Unsere kleine Stadt.*

Im Flugzeug wird ein Imbiss vorbereitet. Das verschafft vielleicht eine Abwechslung. Jetzt kaut Max Sätze und Erinnerungen. Ein Flugbegleiter bringt ihm ein Sandwich und Orangensaft. Max räumt das Buch weg, die letzten Worte noch im Ohr:

Was sagen Sie dazu, meine Herrschaften? Was meinen Sie? In Babylon lebten einmal zwei Millionen Menschen, und das Einzige, was von ihnen übriggeblieben ist, sind die Namen der Könige und ein paar Verträge über Weizenlieferungen – und den Handel mit Sklaven.

*

Das Gymnasium, das Max besucht hatte, führte jedes Jahr ein Stück auf. An der Schule gab es niemanden, der die Besonderheit des ausgewählten Werks und den Stellenwert der Theatergruppe anzweifelte. Dass sie keine Kosten verursachte, sondern Spenden generierte und das Ansehen des Gymnasiums hochhielt, festigte ihr Prestige. Zu ihrem Gönnerkreis zählte alles, was in der kleinen Stadt Rang und Namen besaß.

Die Schülerinnen und Schüler, die es auf die Bühne schafften, waren Stars. Sie wurden hofiert, ihre Noten aufgerundet. Man hatte viel Verständnis: Proben, Proben, da blieb wenig Zeit für Hausaufgaben und Prüfungsvorbereitungen.

Ihr Status war unantastbar.

Diesmal sollte Thornton Wilders *Unsere kleine Stadt* einstudiert werden. Die Wahl kam bei der Theatergruppe gut an. Alle waren hingerissen und staunten über den amerikanischen Autor, der mit der Zeit umging wie ein Jongleur mit farbigen Bällen.

Marta wollte unbedingt auf die Bühne.

Sie hatte sich für die Theatergruppe entschieden, um Max nah zu sein, zumindest in seiner Nähe. Er genoss ihr unerbittliches Werben, verhielt sich jedoch so, als bemerkte er es nicht.

Max reizte die Bühne nicht besonders. Er blieb lieber im Hintergrund. Die Technik, das Licht. Max kümmerte sich um alles. Es war wichtig, dass jede Spielfigur zur richtigen Zeit auf der Bühne stand und der Hahn krähte, wann er krähen musste.

Eine Schauspielerin (29), deren Karriere auf dieser Bühne begonnen hatte, inszenierte das Stück. Max war ihr Assistent. Die kritische Instanz der Theatergruppe war ein altgedienter Deutschlehrer (43), der immer einen schwarzen Rollkragenpullover trug. Er hatte das amerikanische Stück vorgeschlagen und war auch der Dramaturg.

Die Theaterleute trafen sich und lasen *Unsere kleine Stadt* gemeinsam.

Zwei Familien wohnen vis-à-vis.

George Gibbs (17), der Sohn des Arztes, und Emily Webb (14), die Tochter des Zeitungsverlegers spüren, dass sie *füreinander bestimmt* sind.

Drei Jahre später, nach dem Schulabschluss, findet die Hochzeit statt.

Die Ereignisse sind unspektakulär.

Der Mond leuchtet am Himmel, das ist *wunderbar für die Kartoffeln*, stellt die Mutter von George fest.

Der Verlauf des Lebens steht nicht in den Sternen, er ist in Stein gemeißelt.

Doch dem Tod ist das Einerlei, er tritt nach Belieben auf.

Emily stirbt mit sechsundzwanzig im Kindbett.

Max interessierte sich für Chemie und Literatur. Er hatte immer ein Reclam-Heft in der Tasche. Wilders Stück, in dem jeder wusste, wo er hingehörte und was er zu tun hatte, kam ihm wie eine Drehscheibe vor, ein ewiger Lebensreigen und Totentanz. Gespannt wartete er auf die Proben; dann erhielten die Gestalten Körper, ein Gesicht und Stimmen.

*

Im Flugzeug, angeschnallt für die Landung, versucht sich Max Borner an den Achtzehnjährigen zu erinnern, der glaubte, das Stück durchschaut zu haben.

Das Stück ist eine Meditation über die Schwierigkeit, das Leben zu erkennen, sagte der Dramaturg.

Doch Wilder hatte noch einen erschwerenden Nebensatz angehängt: *während man lebt*.

Diese Gleichzeitigkeit war das Problem.

Vielleicht fand die Gruppe das Stück brillant, weil sie es nicht verstand. Alle kamen sich sehr reif und lebensklug vor, wenn der Spielleiter sich in einer seiner philosophischen Betrachtungen ans Publikum wandte.

X heiratet Y.

Millionen tun das. Das Häuschen, der Kinderwagen, der Sonntagsausflug im Ford, der erste Rheumatismus, die Enkelkinder, der zweite Rheumatismus, das Toten-

bett, die Verlesung des Testaments – einmal unter Tausenden ist das interessant.

Natürlich zählten sie sich zu den Interessanten.

Das Stück ist wie für uns geschrieben, erklärte Marta und bekam Beifall.

Die ehrgeizige Regisseurin und der Dramaturg waren überzeugt, dass entflammte Gruppe das Projekt meistern würde.

Das Stück baute auf das intakte Vorstellungsvermögen des Publikums.

Kein Vorhang.

Kein Bühnenbild.

Wenn die Zuschauer hereinkommen, sehen sie eine leere Bühne, die im Halbdunkel liegt. Ein Spielleiter beginnt zu sprechen, nachdem es im Zuschauerraum ganz dunkel geworden ist.

Unsere kleine Stadt beginnt 1901 und endet 1913. Angeregt vom Dramaturgen im schwarzen Rollkragenpullover, versuchte die Gruppe herauszufinden, was das Stück für die Gegenwart noch zu sagen hatte und ob es modernisiert werden sollte.

Es spricht für sich, sagte der Dramaturg.

Er wollte das Schauspiel genau so auf die Bühne bringen, wie der Autor es geschrieben hatte.

Niemand widersprach ihm.

Wir würden seine Zeitlosigkeit zerstören, sagte die Regisseurin, wenn wir es unserer Zeit anpassten.

Sie las eine Stelle vor, die ihre Ansicht unterstützen sollte. Der Spielleiter wendet sich an ein zukünftiges Publikum: *Also – ihre Leute in tausend Jahren – so ging es im frühen zwanzigsten Jahrhundert zu. So sind wir gewesen.*

Die Regisseurin sah das Problem bei der Besetzung. In der Theatergruppe waren die Frauen in der Überzahl, im Stück traten mehr Männer auf.

Marta fasste sich ein Herz und sagte: Wir machen aus dem Spielleiter eine Spielleiterin.

Es wurde still, alle schauten sie an.

Sie lachte und hob die Arme, eine Geste der Unbekümmertheit, die manche als frech empfinden mochten, typisch Marta.

Es ist die Hauptrolle, gab der Dramaturg zu bedenken. Der Spielleiter kennt den Anfang und das Ende, er kommentiert, greift ein. Er spricht mit den Schauspielern und mit dem Publikum. Der Spielleiter ist allwissend.

Der Dramaturg fasste sich an die Nase, als missfiele ihm die eigene dramaturgische Sicht.

Marta nutzte die Unterbrechung für eine Kostprobe: *Ich sollte Ihnen jetzt lieber zeigen, wie unsere Stadt liegt. Hier – in der Hauptstraße eine Reihe von Läden. Davor Pfosten, um die Pferde anzubinden. Das erste Automobil wird in ungefähr fünf Jahren hier auftauchen.*

Warum eigentlich nicht?, fragte der Dramaturg. Ich denke darüber nach.

In der Diskussion ereiferte sich ein Junge, der selbst auf die Rolle scharf war. Max hielt dagegen und wollte etwas absolut Richtiges sagen und rief laut: Gute Idee, tolle Idee. Wird alle verblüffen. Er grinste in die Runde. Ja, wiederholte er, toll, Marta soll die Spielleiterin geben.

Marta und Max wohnten an derselben Straße. Sie wartete in ihrem Zimmer am Fenster, um den Augenblick nicht zu versäumen, in dem er das Haus verließ. Sobald sie Max sah, ging auch sie los, und sie trafen sich zufällig in der Mitte des Weges zu Schule.

Dort kamen sie gemeinsam an.

Weil das jeden Tag geschah, fiel es den Mitschülern auf. Genau dies wollte Marta erreichen. Die zwölf Minuten mit Max waren für sie die besten des Tages, der Stoff ihrer Tagträume.

*

Das Flugzeug fliegt über Wolkenfelder. Max Borner schaut auf eine Landschaft aus Watte. Längst Vergangenes liegt darunter. Er sieht die Theatergruppe bei der Arbeit. Wie jung sie alle waren, wie ernst und schön.

Und gleich den Toten in *Unsere kleine Stadt*, die für einen Tag zu den Lebenden zurückkehren konnten, mäandert Max in der Erinnerung.

Er sieht die Bühne, erkennt sich selbst und beobachtet die Auftritte von Emily, George und der Spielleiterin, die diese kurzzeitige Rückkehr, von der alle, die sie gewagt haben, dringend abraten, erklärt: *Du erlebst es nicht nur, du siehst dir auch selbst dabei zu. Und während du zusiehst, siehst du, was die – da unten – nicht wissen können. Du siehst die Zukunft. Und du weißt, was später passiert.*

Träfe sich die Theatergruppe in der alten Schule zur Premiere des Stücks, das in dieser Saison aufgeführt wurde, erhöhte sie das Alter des Publikums deutlich. Die Ehemaligen, in die Jahre gekommen, waren erheblich älter als die Protagonisten, in deren Haut sie damals geschlüpft waren.

Und sie waren nicht mehr vollzählig.

Einige hatten die Seite gewechselt. Der Dramaturg (alle damaligen Lehrerinnen und Lehrer). Sie saßen auf den in Wilders Stück den Toten vorbehaltenen Stühlen, der Erde entwöhnt, befreit von den Dingen, die sie im Leben planten, gelöst von den Freuden, die sie genossen, von den Leiden, die sie erlitten, fern von den Menschen, die sie liebten. Die Toten schauten nicht hinunter. Alles Irdische ließ sie kalt, sie hatten das Interesse an den Lebenden verloren, die sich in einer Wolke der Unwissenheit bewegten. Das Leben ging die Toten nichts mehr an. Die Erinnerung war eine Gabe oder ein Fluch der Lebenden. Wie schnell die Zeit verging, kümmerte sie nicht.

*

Als Regieassistent hatte Max das Stück auf einer Hermes Baby abgetippt und die Matrizen mit einem Spritdrucker vervielfältigt. Er hätte nach dieser Arbeit auch als Souffleur einspringen können.

Der Dramaturg hatte sich über Nacht entschieden. Nun war er von der neuen Idee begeistert. Aus dem Spielleiter wurde eine Spielleiterin. Marta bekam die Rolle, der Dramaturg heimste für seinen Coup viel Lob ein und galt von da an als experimentell.

Max traf nun täglich mit Marta zusammen. Die gemeinsame Arbeit bot reichlich Gesprächsstoff. Und obwohl Max Marta bewunderte, kam er mit einem Umstand nicht klar: Marta verwandelte sich als Spielleiterin in eine vierzigjährige Frau, von der er sich überhaupt nicht angezogen fühlte. Im Gegenteil. Er sah in Marta auf der Bühne die Frau, die sie mit vierzig sein würde, eine alte Schachtel.

Er verbarg sein Missfallen, er schämte sich.

Marta blühte in ihrer Rolle auf, vierzig war ihr auf den Leib geschnitten. Und sie liebte Max. Dass sie wie Bruder und Schwester zueinanderstanden und nicht wie ein Paar, das die Finger nicht voneinander lassen konnte, schien Marta nicht zu stören.

Max, der verlässliche Regieassistent, hatte sich in Anne Gyr verliebt. Anne Gyr, die Emily Webb spielte, war sagenhaft. Und Emily, die heimliche Hauptfigur, war auch sagenhaft. Gescheit geboren und hübsch, was sie im Stück selbst hervorhob. Anne Gyr (17) spielte eine Siebzehnjährige. Die Rolle verdoppelte ihre Anmut, ihre Schönheit und ihre Anziehungskraft.

Schnippisch war sie auch. Und sie hatte bereits einen Freund. Der war zwanzig und holte sie nach den Proben ab. Auf einer Lambretta fuhren sie davon.

Max drückte sich davor, mit Marta zu sprechen und ihr die Wahrheit mitzuteilen: Dass er sie nicht liebte. Oder zu wenig liebte; vielmehr sie, was noch verletzender wäre, nicht begehrte oder zu wenig. Marta zu gestehen, dass er Anne-Emily begehrte und liebte, war nicht angebracht. Es wäre lächerlich. Marta wusste ja Bescheid. Anne war bereits vergeben. Anne war ihre Freundin und ganz schön verdorben. Sie schlief mit dem Lambretta-Fahrer, sie teilten eine Zigarette, der Typ rauchte Milla Filter.

Auf der goldbronzenen Packung war Nofretete abgebildet. Max überlegte eine Zeitlang, ob er Raucher werden wollte. Falls ja, dann würde er Milla Filter wählen, er fand die ägyptische Königin unglaublich schön. Nofretete auf der Zigarettenpackung war der Grund, warum er anfing, sich für Archäologie zu interessieren.

*

Max und Marta blieben ein Paar. Er hatte ihr die Trennung nahegelegt und wurde vor ihrer heftigen Reaktion zurückgeschreckt. Sie legte die Hände übers Gesicht, wollte nichts davon wissen und lief weg. Er suchte sie die ganze Nacht. Sie drohte, sich etwas anzutun, sie sagte, nach einer so langen Verlobung finde sie keinen Mann mehr, es sei eine Demütigung, und so fort.

Die Szene wiederholte sich.

Er hatte Gewissensbisse.

Er war nicht kalt genug, um sie zu verlassen.

Dabei gab es Zeiten, in denen sie beide lieber allein als ein Paar gewesen wären.

Oder über beide Ohren verliebt.

Doch Verliebtsein war Wunschdenken. Es war vielleicht auch nicht so wichtig, die Liebe wurde überschätzt, oder etwa nicht?

Was in ihrer Beziehung gut war: die Gespräche. Die Theatergruppe und das Stück wurden immer wieder aufgewärmt. Eine gemeinsame Erinnerung, wertvoll, bindend. Und ihr Alltag war zufriedenstellend.

Alles war gut. Alles war wohltemperiert.

Alles hätte besser sein können.

Auf der Habenseite stand die Stabilität.

Sie waren meistens gleicher Meinung, hatten ähnliche Vorlieben für die Freizeit (Filme und Konzerte), sie stritten nicht wegen Kleinigkeiten.

Marta war Katholikin, Max konfessionslos.

Sie gingen rücksichtsvoll und nachsichtig miteinander um. Liebevoll.

Aber die ganze Nacht Liebe machten sie nie.

Marta brach die Schauspielschule ab. Max studierte Chemie und Archäologie. Er war der Zielstrebige, sie tat sich mit der Berufswahl schwer und lernte Buchhändlerin. Zu guter Letzt gehörte sie zum Team eines Buchladens mit dem Schwerpunkt Film und Theater.

In jener Zeit konnte man nicht einfach zusammenziehen, das Gesetz erlaubte es nicht. Das hatte praktische und finanzielle Nachteile.

Marta dachte laut: Warum heiraten wir nicht?

Max willigte ein. Eher halbherzig als mit Begeisterung. Marta war seine beste Freundin. Er wusste, worauf er sich einließ. Die größte Veränderung brachte der Umzug. Als sie den Mietvertrag unterschrieben, war er voller Vorfreude und zuversichtlich.

Die Wohnung war ein Glückstreffer.

Die Trauung sollte nach dem Standesamt auch in der katholischen Kirche stattfinden, Marta bestand darauf. Sie wollte ihre Eltern nicht verletzen. Ihr Pfarrer würde die Zeremonie leiten.

Nach der Trauung würden sie wie ein Paar nach der silbernen Hochzeit leben.

Trotzdem sollte ein großes Fest steigen.

Während der Vorbereitung sprachen sie über die hübsche Hochzeit in Unsere kleine Stadt, und natürlich luden sie die Theatergruppe ein.

Es war eine Freude, die Gruppe wiederzusehen.

Bei der Begrüßung von Anne Gyr verschlug es Max die Sprache. Er hatte gewusst, dass Anne kommen würde, aber nicht geahnt, dass die Begegnung seine Lebenslüge bloßstellen und ihm bewusst machen würde, dass der Weg, den er gerade eben einschlug, der falsche war.

An diesem Tiefpunkt spürte er zum ersten Mal das Gewicht der Vergänglichkeit.

Anne Gyr war nun vierundzwanzig. Alle waren jetzt Mitte zwanzig. Sie lebte wieder allein. Den langweiligen Lambretta-Fahrer hatte sie abgeschüttelt. Max spürte die ungeheure Macht der sexuellen Anziehung. Anne verkörperte alles, was er begehrte.

Es gibt Dinge, die nicht geschehen. Die nicht geschehen können. Und dann passiert es doch.

Max errötet, und die Zeit macht einen Hüpfer, und er sieht Anne Gyr als Emily Webb im Brautkleid. Am Arm ihres Vaters, betritt sie die Bühne und hat furchtbar Angst:

Noch nie in meinem Leben habe ich mich so verlassen gefühlt. Und George dort drüben. Ich hasse ihn. Ich wünsche, ich wäre tot. Ich will nicht heiraten. Warum kann ich nicht noch eine Weile so bleiben, wie ich bin?

Die Szene erstarrt plötzlich zum lebenden Bild.

Sieben Jahre danach bricht ein katholischer Pfarrer den Bann, eine sonore Stimme, die den verwirrten Bräutigam fragt, ob er, Max Borner, die Frau, Marta Landis …

Max weiß, dass er jetzt Ja sagen sollte. Stattdessen hat er George Gibbs im Ohr:

Warum drängen mich alle so? Warum muss ich überhaupt heiraten?

Du bist jetzt ein Mann.

Ich will kein Mann sein.

Marta stupst Max in die Seite. Der Pfarrer wartet ein paar Sekunden und flüstert ungeduldig: Sie haben mich doch verstanden, Max?

Sie müssen jetzt Ja sagen.

*

Eine Weile war es ganz still.

Das Jawort besiegelte den Vertrag.

Danach war Max unendlich erleichtert.

Als sie die Kirche verließen, fühlte es sich an, als wäre die Trauung unvermeidlich gewesen. Wie es bei abgeschlossenen Geschäften eben der Fall ist.

Max wollte das Beste.

Warum war er derart zögerlich gewesen?

Er befahl sich Zuversicht. Wischte alle Bedenken beiseite, alle Zweifel, all den verwünschten melancholischen Gram.

Im Rückblick war es, vierzig Jahre vor dem Smartphone, die erste Wischbewegung, die er ausführte.

Max begegnet Anne Gyr erneut. Diesmal springt der Funke. Sie brennen durch, nach Mailand und verbringen eine Woche in der Stadt, von der sie außer dem Dom nicht viel sahen. Sie kommen nicht aus dem Bett heraus.

*

Nach der Premiere damals verneigten sich die Mitglieder der Theatergruppe vor dem Publikum. Sie hielten einander an den Händen. Als sie zum letzten Mal auf die Bühne liefen, hielt Max die Hände von Marta und Anne. Er trug ein weißes Nylonhemd, das elektrisch knisterte. An die Zukunft dachte er nicht. Sie war ein unerschöpflicher Vorrat an Zeit.

*

Das Flugzeug ist gelandet. Max, der nur das Handgepäck dabeihat, geht zur Bushaltestelle. Es ist kalt in Berlin, es hat geregnet, ein böiger Wind trocknet die Straßen auf, das Licht in den Straßen hat nichts Anregendes.

Aber das liegt gewiss auch an Max. Berlin ist bei jedem Besuch gewöhnungsbedürftig. Alles lieg weit auseinander. Die Stadt geizt mit Schönheit.

Mit Sonne am Himmel verwandelt sich Berlin in eine europäische Weltstadt. Sie hat zwar keine einprägsame Silhouette, ist eher ein Sammelsurium von Geheimtipps. Nicht gerade einladend, aber fesselnd.

Seit Jahren bevorzugt Max ein Hotel, von dem aus er die Gipsformerei bequem erreicht und das nicht allzu weit von den Adressen entfernt ist, die er wie ein Wiederholungstäter aufsucht Die unerschöpfliche Museumsinsel, das erhabene Brandenburger Tor.

Seine stärkste Erinnerung ist mit dem von Christo verhüllten Reichstag verknüpft. Und mit Julia Scott. Vor Christos Verfremdung hatten sie ununterbrochen disputiert und fotografiert.

*

Max besucht Julia in der Werkstatt. Auf dem Tisch stehen zwei Büsten der Nofretete; die Reproduktion, an der sie arbeitet, und die Referenzbüste für den farblichen Abgleich. Julia führt den Pinsel ruhig und bestimmt, malt die Augenumrandung in einer fließenden Bewegung. Sie bleibt konzentriert, obwohl Max ihr zuschaut.

Julia ist Mitte fünfzig. Sie hat schon ein Dutzend Nofretetes bemalt und könnte über das Gesicht der Königin einen Essay schreiben. Leicht fiele ihr das aber nicht.

Nofretetes Schönheit ist abhängig vom Licht. Im Kuppelsaal mit dunkelgrünen Wänden, in ihrem magisch beleuchteten Glashaus und fortwährend von Menschen umringt, die sie bewunderten und ihr huldigten, hatte Nofretete eine ganz andere Ausstrahlung als unter der Tageslichtlampe in Julias Werkstatt.

Während einer kurzen Pause spricht Julia über die berührungsfreie Vermessung der höchst empfindlichen Büste mit dem 3D-Streifenlichtscanner, berichtet darüber, wie seltsam es sich anfühlt, den 3D-Ausdruck in den Händen zu halten, der seitdem die Vorlage für den Gipsabguss bildet

Max weiß, wie sehr sie ihre Arbeit liebt und dass sie ein umfassendes Wissen besitzt. Die Technik der Bemalung hat sich kaum verändert. Die verwendeten Farbpigmente sind schon im alten Ägypten gebräuchlich, gewesen, sie müssen angemischt und in mehreren Schichten aufgetragen werden.

Bei aller Detailtreue erkennt Max Julias eigene Hand. Ihre Reproduktion ist ein fabelhaftes Einzelstück.

*

Bevor Max ihre Werkstatt verlässt, unterbreitet Julia ihm den Vorschlag, sie könnten doch das Original der Nofretete zusammen anschauen.

Er stimmt mit Freude zu.

Auf dem Rückweg zu seinem Hotel entdeckt Max einen öffentlichen Bücherschrank. Er wundert sich. Auch in Berlin ist der Schrank umlagert. Passanten öffnen die Türen, stellen Bücher hinein und nehmen Bücher heraus. Max überlegt sich, *Unsere kleine Stadt* vor seiner Abreise in diesen Schrank zu stellen. Der Plan gefällt ihm. Auf dem Weg zum Flughafen, oder morgen, wenn er zur Museumsinsel geht, wo er sich mit Julia verabredet hat, ließe sich die ortsverschobene Rückgabe leicht erledigen. Damit schlösse sich ein Kreis.

*

Unter der Kuppel im Nordsaal des Neuen Museums, auf einem Sockel aus Bronze, umgeben von einem gläsernen Panzerschrank, bewacht von Bodyguards, thront die Büste der Nofretete.

Max und Julia stehen davor, sie schweigen.

Nofretete ist nicht von dieser Welt.

Max geht langsam um die unfassliche Büste herum. Julia bleibt stehen, sie hat die Büste schon oft gesehen, in ihrem Kopf sind aber auch die fünf Reproduktionen im Archiv der Gipsformerei präsent, und sie hat die Museumsrepliken im Gedächtnis, ihre eigenen Bemalungen.

Wäre es Betrug, wenn eine von ihr bemalte Büste auf den Sockel gestellt würde? Könnte jemand einen Unterschied feststellen? Und sie selbst? Würde sie bei dieser unwirklichen Beleuchtung, die Nofretete inszeniert und verzaubert, ihre Replik erkennen?

Oder funktioniert das nicht, rührt Nofretetes Schönheit allein von der Authentizität her?

Julia spricht darüber mit Max.

Vor 3000 Jahren galt eine Skulptur als Ersatzkörper. Falls im Jenseitsleben etwas fehlschlug, konnte die Skulptur die Seele des Dargestellten aufnehmen.

Vielleicht ist dies der Fall, meinte Max.

Der Kern des Originals war aus Kalkstein gefertigt, darüber wurde eine feine Gipsschicht gelegt und bemalt. Daher die fragile Oberflächenbeschaffenheit.

Julia hat Nofretete immer wieder reproduziert, aber noch nie berührt.

Sie kannte niemanden, der die Büste hatte berühren dürfen. Wahrscheinlich war Nofretete seit mehr als einhundert Jahren ohne Berührung geblieben und höchstens mit weißen Handschuhen angefasst worden.

Julia erzählt Max mit einem Lächeln davon.

Nofretete besitzt nur ein Auge. Das linke Auge fehlt. Warum, weiß niemand. Es sind Verschwörungstheorien um die Büste im Umlauf, es gibt Spekulationen um die ägyptische Königin, von der viele Besucher und alle Experten gern viel mehr wüssten, tatsächlich aber fast gar nichts wissen.

Nofretete lebte vor 3000 Jahren in Amarna. Als die

goldene Stadt nach dem Tod des Pharaos in Ungnade fiel (Echnaton hatte den Hauptgott ausgewechselt) und die Bewohner sie verließen, blieb die Skulptur in der Speisekammer des königlichen Bildhauers zurück.

Hatte er sie dort versteckt?

Oder beim fluchtartigen Aufbruch vergessen?

Ließ er die Büste einfach zurück, weil er seine Nofretete für unwichtig hielt?

War die Königin bei der Anfertigung noch unter zwanzig oder schon älter?

Nofretete hatte sechs Kinder geboren. Demnach war sie wohl eher Mitte zwanzig?

Die Büste blieb 3000 Jahre lang unter dem Schutt der Speisekammer liegen. Plünderer entdeckten sie nicht, niemand schlug sie in Stücke. Die Büste der Nofretete musste einen großartigen Schutzengel haben.

Seit ihrer Ausgrabung, seit ihrem neuen Leben in Berlin, ist die Königin ein Kultobjekt, ein Schönheitsideal, ein Modell für die plastische Chirurgie. Frauen lassen sich ein Nofretete-Tattoo stechen oder entscheiden sich für die Nofretete-Gesichtsstraffung.

Nofretete ist Teil des kulturellen Erbes der Menschheit, sie gehört den zukünftigen Generationen.

Kritische Stimmen erklären den bunten Gipskopf für künstlerisch nicht besonders wertvoll. Kitsch, Art Deco. Stand sie nicht in einem Schaufenster bei Helena Rubinstein?

Mit einem Mal kommt Unruhe in die Halle, Lärm bricht aus, Stimmen, Geschrei. Max zieht den Kopf ein und fasst Julias Hand. Die Besucher erstarren, einige rennen weg, andere werfen sich auf den Boden.

Zwei Frauen stürmen den Kuppelsaal und bespritzen Nofretete mit gelber Pampe. Sie prangern das *kranke System der Landwirtschaft* an.

Wieder klatscht Kurkumagelbes auf Panzerglas und läuft auf den Boden. Die Frauen sind wie von Sinnen: *Was ist wichtiger? Kunst oder das Recht auf gesunde und nachhaltige Lebensmittel?*

Endlich stürzen sich Nofretetes Bodyguards auf die kreischend protestierenden Frauen. Sie drehen ihnen die dünnen Arme auf den Rücken und schleifen sie weg. Der Saal wird umgehend geräumt und geputzt.

Eine Stunde später ist er wieder für Besucher geöffnet. Nichts ist geschehen.

Max und Julia verlassen das Museum Er ringt um Worte, ist irritiert von dem dreisten Überfall. Julia nimmt das Ereignis eher gelassen. Nofretete ist auf ihrem bronzenen Sockel im gläsernen Kubus so sicher wie der Papst im Papamobil. Trotzdem ist das nicht der richtige Augenblick, um eine mit Kurkuma geschönte Kürbissuppe zu bestellen.

*

Bevor Max zum Flughafen fährt, stellt er das schmale Buch, dessen Weg sich mit seinem Weg gekreuzt und ihn zu einem Ritt durch die Zeit verführt hat, in den öffentlichen Bücherschrank.

Vor dem Berliner Schrank ist Max seltsam nervös geworden. Er hat *Unsere kleine Stadt* zwischen dicke Bücher geschoben und sich befohlen, die alte Geschichte nun als erledigt zu betrachten.

Was leichter gesagt, als getan ist.

Eine Reise ohne Lektüre ist eine neue Erfahrung, vor der er sich ein wenig fürchtet.

Gegen seinen Willen fällt ihm hoch über den Wolken der letzte Satz eines Theaterstücks von Thornton Wilder ein, das er als junger Mann am Broadway gesehen hat: SIE KÖNNEN NACH HAUSE GEHEN. WIR SPIELEN EWIG FÜR SIE WEITER.

INHALT

Blaue Augen
9

Es ist sein Leben
39

Asche auf dem Bett
63

Glückliche Akustiker
87

Goodbye Everybody
115

Erste Liebe
157

Eine kurze Geschichte
183

Nicht von dieser Welt
231

DANK

Für ihr aufmerksames und kritisches Mitlesen danke ich Petra Amerell. Meine Frau inspiriert und motiviert mich auch mit ihrer Malerei. Und sie nimmt es hin, dass ich im Schreiben verschwinde, was immer mein Ziel ist: in die glückliche Selbstvergessenheit.

Ich danke der Filmemacherin Lisa Blatter. Meine Tochter hat einen Sinn für szenische Zusammenhänge und entdeckt Details, die andere übersehen.

Hans Baumgartner hat mich hartnäckig aufgefordert, Erzählungen zu schreiben. Danke. Auch Martin R. Dean hat mich ermutigt. Seine Anmerkungen waren stets hilfreich.

Ich danke dem Geparden Verlag. Die Verlegerinnen sind leidenschaftlich und schnell und kompetent. Ihre Begeisterung steckt an. Bettina Spoerri lektorierte mit großem Textverständnis. Anne Wieser war die Jongleuse im Hintergrund.

Angelika Barth danke ich für ihre Freundschaft. Als Vertreterin hat sie meine Romane wie niemand sonst im Buchhandel sichtbar gemacht.

Vor jenseitigen Freunden möchte ich mich verneigen. Damit sie meinen Gruß vernehmen, werfe ich meine Cap (Chicago Bulls) hoch in die Luft: Egon Ammann, Egon Wilhelm, Jürg Amann, Carlo Bernasconi, Heinrich Böll.